《诗刊》社○编
李少君○主编

青春回眸

诗歌大系

2012—2013

西南师范大学出版社
国家一级出版社 全国百佳图书出版单位

图书在版编目(CIP)数据

青春回眸诗歌大系.2012-2013/《诗刊》社编；
李少君主编.— 重庆：西南师范大学出版社,2021.8
　ISBN 978-7-5697-0682-6

　Ⅰ.①青… Ⅱ.①诗… ②李… Ⅲ.①诗集–中国–
当代 Ⅳ.①I227

中国版本图书馆CIP数据核字（2021）第081330号

青春回眸诗歌大系 2012—2013
QINGCHUN HUIMOU SHIGE DA XI 2012—2013

《诗刊》社　编　　李少君　主　编

项目策划：蒋登科　张　昊
责任编辑：王玉竹
责任校对：张　昊
装帧设计：王　冲
排　　版：瞿　勤
出版发行：西南师范大学出版社
印　　刷：重庆荟文印务有限公司
幅面尺寸：160 mm×235 mm
印　　张：21
字　　数：311千字
版　　次：2021年8月 第1版
印　　次：2021年8月 第1次 印刷
书　　号：ISBN 978-7-5697-0682-6
定　　价：98.00元

当代诗歌的"青春回眸"时刻

李少君

仅仅百年的新诗,很长时间被认为只是一种"青春写作",多少暴得大名的诗人,终身靠的是年轻时的成名作。成名作即代表作,一度成为一种诗歌现象。于是,有人说:诗歌只属于青春。

并且,他们还振振有词,郭沫若之《女神》、徐志摩之《再别康桥》、艾青之《大堰河,我的保姆》、卞之琳之《断章》、海子之《面朝大海,春暖花开》、张枣之《镜中》等,都是青春的激情产物,此后,就再难超越自己的高峰。

诗歌真的只属于青春吗?对此,我不能苟同,杜甫的"暮年诗赋动江关"如何理解?赵翼的"赋到沧桑句便工"呢?大诗人歌德愈老愈炉火纯青,还有里尔克说的"经验写作"以及所谓的"晚期风格",等等。

确实,青春本身就是诗。海子更是将很多人对于诗的印象定格于"青春时刻"。这些,确实是天才的火焰和光芒。

但伟大的诗人,一定是集大成者,无论青年、中年或老年,都会杰作频出,高峰迭起。还是说杜甫吧,青春时代的"会当凌绝顶,一览众山小",中年的"国破山河在,城春草木深",再到后来的"窗含西岭千秋雪,门泊东吴万里船",晚年的"飘飘何所似,天地一沙鸥""无边落木萧萧下,不尽长江滚滚来",哪一首不是一挥而就,震古烁今!

但为什么中国新诗一直停留在其青春期?我想过这一问题,原因极其复杂,既有历史的,也有现实的和诗人自身的。

首先,这与中国现代性的曲折有关。百年中国多灾多难,时运多蹇,频繁的战乱、洪水、地震和社会的急剧变迁,诗歌的艰难积累建设不断被破坏中断,过了一段时间又得重来。二是诗人们自己的原因,诗人总是想充当时代的号角,但时代在不断转变之中,为适应时代,诗人急起直追,但也无法跟上步伐,诗人无法安心下来专心诗意的雕琢,荒废了手艺。三是中国现代性尚在进行之中,指望仅仅百年的中国新诗走向成熟,独自创立巅峰,可谓痴心妄想。想想古典诗歌吧,从屈原到李白、杜甫,可是有着千年深厚沉淀千年变革创新的。

所以,百年新诗仍在行进之途中。但希望亦在这里,正因为尚未完成,就有自由,有空间,有潜力,就人人皆有可能成为当代李白、杜甫。自由诗,这新诗的另一名称,恰恰道出了其本质。自由地创作与创造吧,未来一定是你的!

诗歌就是自由的象征啊,未来、前景、希望,都在这自由之中!

"青春回眸"诗会创立于2010年,是《诗刊》"青春诗会"的升级版,是《诗刊》打造的又一个诗歌黄金品牌。青春诗会,在中国诗坛已占据太多的神话、传说,被誉为诗坛的"黄埔军校",被誉为进入诗坛的"入场券"。但其实,青春诗会应该只是青年诗人在诗坛的第一次亮相,应该说还只是一个开始,一个不错的起点,但后面的路还很长,还远不是结束,更不是顶峰。所以,"青春回眸"诗会的入选标准是:年过五十仍持续地保持着活力和创造力的诗人。这,才是成熟诗人的标志和象征。这,也才是中国新诗逐步走向成熟的漫漫长途之中艰难跋涉着的一支支劲旅。

百年新诗,也恰好走到了"青春回眸"的时刻,在经历向外学习消化西方现代诗歌、向内寻找吸收自己古典诗歌传统精华之后,又经历了向下的接地气的夯实基础的草根化阶段,如今,是到了融会贯通向上超越的时刻!寻找中国新诗自身独特的发展道路和精神面貌,是中国新诗自由、自发、自觉的自然之路,是创造性转化创新性发展的必然之路。而这一切,都将在"青春一回眸"之中展现!包括中国气质、中国气派、中国气象等。

所以,"青春回眸"历届诗会的诗歌选本,必然有更繁华的风景,等待你去尽情欣赏,那是当代诗歌最壮丽最宏伟的风景!

目录

CONTENTS

总　序　李少君:当代诗歌的"青春回眸"时刻 …………………… I

2012

韩作荣　　代表作·自画像 ……………………………………… 04
　　　　　　新　作·追忆与沉思 ………………………………… 06
　　　　　　随　笔·心灵的感应 ………………………………… 19

傅天琳　　代表作·柠檬黄了 …………………………………… 22
　　　　　　新　作·唤醒你的羞涩 ……………………………… 25
　　　　　　随　笔·回到果园,回到三岁 ……………………… 37

刘立云　　代表作·向天堂的蝴蝶 ……………………………… 42
　　　　　　新　作·经济时代的战争 …………………………… 44
　　　　　　随　笔·塞弗尔特走在人群中 ……………………… 54

杨晓民　　代表作·半张脸 ……………………………………… 58
　　　　　　新　作·北纬18度 …………………………………… 59
　　　　　　随　笔·十年之痒 …………………………………… 67

娜　夜　　代表作·起风了(外一首) …………………………… 70
　　　　　　新　作·大于诗的事物 ……………………………… 72
　　　　　　随　笔·一个球盲的足球之夜 ……………………… 82

马新朝	代表作·夜晚,穿过市区的熊儿河	86
	新　作·写给未来的一天	87
	随　笔·遗　忘	97

荣　荣	代表作·妇人之仁	100
	新　作·一树繁花	101
	随　笔·诗歌的软肋	107

田　禾	代表作·喊故乡	112
	新　作·乡　亲	113
	随　笔·亲近山水,聆听自然	123

罗鹿鸣	代表作·土伯特人	126
	新　作·从高原到故乡	128
	随　笔·文学抚慰孤独的灵魂	136

龚道国	代表作·祖国,我看见你	140
	新　作·枣树记	142
	随　笔·诗这种文字	149

刘双红	代表作·聆听雨滴的声音	152
	新　作·我曾经爱过你们	153
	随　笔·不合时宜的生活	161

黄尚恩　唐　力	青春再回眸,桃源结诗情	163

2013

舒　婷	诗　作·归　梦	172
	随　笔·好的诗歌,一定会流传	179

林　莽	代表作·星　光	182

	新　作·时光追忆……………………185
	随　笔·我对当前诗歌的一些看法…………195
李　琦	代表作·我最喜欢的这只花瓶……………198
	新　作·看羊群马群经过………………200
	随　笔·苍茫回眸时……………………211
谢克强	代表作·自画像…………………………216
	新　作·寻找词的光芒………………218
	随　笔·独白，徘徊在诗与美之间…………227
梁　平	代表作·重庆书（节选）…………………232
	新　作·行走江湖……………………234
	随　笔·纸上的中国诗歌与非纸上的动静（节选）…243
柳　沄	代表作·瓷　器…………………………246
	新　作·空着的座位…………………248
	随　笔·诗歌的用处在于无用………………256
汤养宗	代表作·断字碑…………………………260
	新　作·中国河流……………………261
	随　笔·面对当下诗歌，你看到了什么？…………269
梁晓明	代表作·玻　璃…………………………272
	新　作·种　菜………………………273
	随　笔·几点感受……………………………280
李元胜	代表作·走得太快的人……………………284
	新　作·笑忘书………………………285
	随　笔·诗歌的进展永远是缓慢的……………292
人　邻	代表作·如今我老了………………………296
	新　作·慢慢看见的…………………297
	随　笔·关于当下新诗的臆说………………306

曹树莹　　代表作·断　言 …………………………………310
　　　　　　新　作·在幽暗之处打开眼睛 ………………311
　　　　　　随　笔·诗坛：在喧闹与沉寂中前行 …………320

张　晗　曾丽妮　诗语醉黄石 ………………………………322

2012

青春回眸诗会

韩作荣

（1947—2013）黑龙江海伦人。祖籍河北丰南。中专毕业后入伍，转业后一直从事编辑工作，历任《诗刊》编辑，《人民文学》编辑室主任、副主编、主编。中国作家协会第六、七、八届全国委员会委员，先后任中国诗歌学会常务副会长、会长。著有作品多种，以写诗为主，兼写散文、随笔、评论、纪实文学，出版专集24部。作品曾获首届鲁迅文学奖、首届艾青诗歌节诗歌奖、《星星》诗刊2008年度诗人奖等多种奖项。1993年获国务院政府特殊津贴，并获第九届韬奋出版奖、中央直属机关五一劳动奖章。部分作品被译为多国文字。

代表作 **自画像**

我是粗糙的,我的瞳仁已经生锈

让世界变得斑驳,泪水

都带有生铁的腥味

粗粝的目光,看你一眼

都会在肌肤上留下血痕

一张铁青的脸、冰冷的脸

羁留着岁月的辙印

和永远洗不去的风霜

我是肮脏的,指甲一样坚硬的思想

藏污纳垢

即使剪去它们

又会偷偷长出来

我想洗刷自己

可我无法洗去欲望和焦虑

一个泥做的人,被水浸润

永远也无法净洁

我是卑劣的,纵然我不想扯谎

可我隐藏和逃避

不想道貌岸然,却胆怯、虚弱

我的心跳来跳去

血管已捆不住心脏

自然，我也是高傲的
我的骨头坚硬，可以碎裂、绝不弯曲
我肮脏的血肉，宁可交给火焰
也不留给蛆虫

[新作] **追忆与沉思**

长江断想

江面是平坦的
水没有羁束
由躁动不安变得平和
一页页于波轮中隐匿的历史
人们却翻不开它

一切,都随流水东去
于阔大的宁静里
好像什么都未曾发生

我知道
水只倾心于低下的美学
鲜活的生命都是生动柔软的
只有死去的东西才那么僵硬

1971:看露天电影《地雷战》

银幕在夜晚扯了起来
士兵们
整齐有序地坐在操场上

看露天电影

在一束光的映照之下
便有人影在一块白布上晃动
熟悉的声音、场景
图像大幅度地跳跃
以及紧张的音乐,你死我活的争战
提心吊胆的地雷
刺激着视觉和听觉

可一颗意外的"地雷"在操场爆响了
一个女兵一声尖叫
引起银幕之外的骚乱
她的眼泪如弹片纷飞
有着更大的杀伤力

那是我的一位老乡,在昏暗中
偷偷拉住她的手
被身后明亮的眼睛发现了
于是,银幕下上演了一场新的"战争"

这位士兵刚刚受过表彰
他曾口对口吸出战友的浓痰
挽救了一个生命
可他忍不住对身旁女兵的倾慕

在银幕上的战火纷飞声中
下意识地触雷了

结果是令人遗憾的
他得了一个处分
成为说起来让人眼睛发亮的谈资
也让想起来就睡不好觉的我
又兴奋,又羡慕
而那一声尖叫
却让我又紧张,又害怕……

卢舍那佛的微笑

我看见石头的微笑了
在龙门石窟无数洞龛的高处
卢舍那佛俯视着大千世界
闭合着口唇
微微翘起的眼角眉梢
却隐含着无穷的意味

那是一张饱满平和的面孔
透出宁静
甚至目光都是柔软的
雍容典雅的姿态
让雕像有了生命

岩石也有了温度

人称卢舍那佛是智慧的化身
可我领略的只是你的笑意
那是看一眼便无法忘记的姿容
对灵魂无声的吸引
令我慨叹最强大的力量
只存在于无形的氛围之中

是的,你没有告诉我什么
却在宁谧里给心灵以滋泽
让我忘记了嚣闹和烦忧
气定神闲,心里干净
亦微笑着进入简单与纯粹
像个不谙世事的孩童

温　情

——写给妻子

生活,如同每天早晨你端来的这杯水
灼热之后沉静的水
有着恰到好处的温度

当你从厨房探出头来
喊我吃饭

我才想起自己的东北胃
顽固的家常菜嗜好
让一切山珍海味都失去了滋味

我们各自忙着
儿子盯着计算机
我在书房里翻书、写作
你则守着电视机里的《食全食美》
记下一道新菜的秘诀
辨识疗病养生的穴位
偶尔把我从沉思中揪出来
去看荧光屏里病痛的禁忌和医治

一条腿不时疼痛，你仍在奔走
忙碌着，做没完没了的家务
陪着我看风筝、散步
在空地踢一会儿毽子
在路上发一点儿感慨
学着每天打一场乒乓球
偶尔遵嘱
我试学着为你刮痧
面对一片黑紫的脊背
你嫌我笨拙，可我已筋疲力尽

是啊，我们都老啦，常感劳累

看到你染过的头发生出白茬

慨叹人生落雪的寒凉

年轻时点燃的火

是明亮的燃烧

也是渐渐熄灭的灰烬

已经不必节衣缩食了

你说:好衣服到哪儿去穿呀

总不能穿着时装洗衣做饭

有牙齿的时候我们缺少食物

什么都有的时候我们却没了牙齿

就这样过着平平淡淡的日子

没有激情,甚至忘记了亲热

可两个人已难分彼此

只有过马路的时候

总下意识地牵住身旁的手

拉扯着,在都市里寻找安全的缝隙

躺在床上,偶尔也有闲聊的时候

东一句,西一句

没完没了,可说了半夜

却记不住都说了些什么

更多的时候,是我先睡

可那只是半个人浅浅的睡眠

你是个压床的人，迷蒙中

你刚躺下

我立刻会打起放心的鼾声……

在桃北新村

一位老人

在新村的沟渠边

用磨石蘸水，打磨生锈的弯镰

清水在白浆里浑浊

又渗出铁锈的殷红

紫烟已被刀斧砍断

山路只留在他满是褶皱的脸上

没有鸡鸣犬吠、虚掩的柴扉

和卧在塘中的水牛

这生锈的农具

与鲜亮的新村已不再相称

白墙灰瓦

一栋一栋的楼舍新居之侧

只有星星点点的菜地

以残存的农耕意味

成为与城市仅有的差别

而那把生锈的镰刀

老人打磨的只是一种记忆

它不再割取什么

桃花源里不耕田的乡村

刀锋已在失血中苍白……

游壶关峡谷

车行在壶关峡谷之中

像一只甲虫

而我是蜷缩在甲壳中的生命

在高耸的山峰和犬牙交错的石壁间

多么虚弱

我猜想亿万年前地壳的隆起

断裂，石破天惊

惊叹大自然的伟力

竟留下如此深重的伤口

我在脑子里搜寻雄伟、壮丽、博大

崇高这样的词

却深感语言的空洞无力

只看到山体无遮无掩的赤裸

岩石呈现的只是它的本色

留存泥土处才有微微的新绿

山壑极少有杂乱的碎石

简单、清净

为数不多的树绿着,涧水流着

野花自自然然地开着

蝴蝶是黑的,水是干净的

只有人的侵入才使山谷肮脏

风景总在人迹罕至的地方

未曾领略的风景才新鲜神秘

我不是攀岩者

瘦弱无力的四肢爬不到高处

充当山峰之上的山峰

只能在山底仰望超拔

头已有些晕眩

还是在谷底随意走走吧

累了就坐一会儿,找杯茶喝

其实这样就挺好

过龙麒源索桥

索桥　悬在半空之中

踏上板桥

左摇　右摆

山在摇晃　水在摇晃　天在摇晃

人　动荡在悬索之上

这一切本是安静的

由于脚的踏入

而失衡

才让你在纷乱杂沓的波动里

身不由己　挣扎　尖叫

摇摇　晃晃

摇　摇　晃　晃

无形之力的牵扯

让人在惊悸中恐惧

因为胆怯而晕眩

此生　我走过的索桥多了

在河流之上　在山涧

小心翼翼　渐趋沉稳

穿过这貌似平坦的悬空之路

皆有惊无险

牵引着一只颤抖的手前行

尽管我的身形也随着桥索摆动

一颗宁定的心

于自信中却从未动摇

我知道　这是危难中的信赖
纵然　我无法抑止桥的晃动
可手温总胜过冰凉的铁索

夜晚的山路上

五月的夜晚,在山路上散步
树丛中飞动的萤火
点亮了人的眼睛

一位女士在惊奇中
捕获了一只萤虫
在手电筒的光照里摊开手掌
探究它的秘密

男士们围拢上来
诉说萤虫发光的原委
其中一位沉吟着说
——咳,这只手可真漂亮……

在桃花源怀念昌耀

多年前你就想回到常德
可这里却没有立足之地
桃花源里已经没有桃花了
它只是文字里一场虚幻的梦

只有这里的荒山野岭愿意收留你
像收留零落成泥的桃花
当你从楼窗坠落
在高原选择了另一条回家的路
终于魂归故土
尽管回来的只是一钵骨灰

四年前两个朋友陪我来看你
蛇行于起起伏伏的小径
穿过竹林,传来几声鸟的鸣叫
你的妹妹说——
哥哥,你的朋友来看你啦
那只鸟在替你说话呢

我的心战栗了
想起你于极度衰弱之中
尖削的面颊上难得的笑容
在病榻前相拥而别

轻敲你的背部之后,我转身离去
再不回头,不想让我们相互看见
那再也抑制不住的泪水……

或许,叶子落了方能归根
如今,低矮的山丘环护之中
一处凸起的高地多么安静
你依偎在母亲身旁
连山峦都在波动中凝止
只有野草含青吐翠,如你长生的诗章

可我知道,你不寂寞
在这荒僻之地
总有相识或并不相识的诗人来看你
为你的坟墓培土,寄托哀思
是的,只有诗人知道你诗歌的价值
尽管你一生颠沛流离,一贫如洗

可我这次不能去看你了
来去匆匆
没有机会再去你的墓前
只能写下一点儿纪念的文字
昌耀兄,请你原谅我……

随笔 心灵的感应

所谓灵感，大抵和神性写作有关。我不相信那种神灵附体、梦中得诗的故事。诸神已经远去，未来不在我的感知之内，我只是一个当下生活中的感受者，写的是些凡人小事，那些让自己真正动心、动情的事物。我注重的是人性写作。

我只将灵感看成人之心灵的感应，是对人生存状态的敏感、对艺术的敏感、对语言的敏感。但灵感虽非神灵附体，却是人的天赋资质、创造才能的呈现，是一个人适于写作的天分。

作为从事诗歌写作的人，我只对人的生存处境和微妙的心理感兴趣。"生活"这个词有许多深奥的内涵和不同的意义，可我愿意将其理解为"生命的活力"，即生动的、鲜活可感的人与事物。它是生物有机体的特有功能，也是社会意义中有机体所遭遇的，不得不与之对立或关联的事物。诗从生活的本源而来，因而诗中的情感是真切、实在的，是一种主观体验和创造。这种被感觉到的能量是心理的而非物理的，因为心理时间并非时钟时间，心理空间也不等于几何空间。

有时候，我愿意将灵感称为写作状态。那该是思维敏捷、聪慧的状态，有了发现和洞悟之后心灵的感应与情趣的捕捉，有了好的诗思和念头，才有了能写好的自信。那诗是鲜活可感的生命意识的体现，有着体温和肌肤气息。当然，这也应当是一种松弛的状态，过于拘谨，太想写好反而写不好，似乎漫不经心，可由于语言本身的驱策偶有神来之笔。故进入写作状态比写作本身更为重要。

我喜欢那种坚实、有分量、"更接近骨头"的诗，而不是浓妆艳抹、华丽虚浮的文辞，以及装腔作势的铿锵有力。因为诗之魅力存在于它的真实和阐释的力量之中，质朴、率直、清醒、发自真情、自然、纯粹等，都是诗之要义。有时候，无所顾忌的真诚袒露是重要的，无遮无掩的赤裸表达最动人心魄。一种直接性的诉说，一种心态的娓娓道来，以及喃喃自语，都与诗人的性格、尊严、精神气度等因素有关。

或许，找到属于自己的语调是更重要的。诗的语调和语调的选择恐怕都受到情感特征和情绪的制约，诗行所显现的该是一种心理色调。在诗中，词语的组合显现出话语总体的意义色彩和语调，这种心理成分的渗入才使话语的声音有了艺术含义和美学价值。

在那种重陈述的诗中，语调是多样灵活的，它倾向于接近平常的口语，进而使其音律意义降低。我的写作倾向于此，但不是单纯的诉说，而是一种现实感觉与感受的描述。这是通过眼睛抵达心灵最柔软处的诗行，没有响亮的音节，不适宜抑扬顿挫地朗诵，却应当是经得起审视和耐读的作品。有时，我甚至尝试抛弃意象，让语言直抵事物的本质，直接表达对事物与人生的理解。揭示、表达独有的感受，似已成为非诗，但我觉得这样分行排列的文字或许对心灵更有直接的穿透力。人之诗，对人性的探寻，本应当有各自不同的表达方式。

或许，所谓灵感，不仅仅对一首诗或一部作品的生成起作用。开辟新的写作向度，让无中生有，灵感应该释放出更大的能量，作用于创造力更为广阔的领域。

傅天琳

20世纪40年代出生,出版诗集、散文集十余部。《汗水》1981年获全国中青年诗人优秀诗歌奖,《绿色的音符》1983年获全国第一届优秀诗集奖,《傅天琳诗选》2003年获全国第二届女性文学奖,《柠檬叶子》2010年获第五届鲁迅文学奖。

代表作 柠檬黄了

柠檬黄了
请原谅啊,只是娓娓道来的黄

黄得没有气势,没有穿透力
不热烈,只有温馨
请鼓励它,给它光线,给它手
它正怯怯地靠近最小的枝头

它就这样黄了,黄中带绿
恬淡,安静。这种调子适宜居家
柠檬的家结在浓阴之下
用园艺学的话讲:坐果于内堂

它躲在六十毫米居室里饮用月华
饮用干净的雨水
把一切喧嚣挡在门外

衣着简洁,不懂环佩叮当
思想的翼悄悄振动
一层薄薄的油脂溢出毛孔

那是它滚沸的爱在痛苦中煎熬
它终将以从容的节奏燃烧和熄灭
哦,柠檬

这无疑是果林中最具韧性的树种
从来没有挺拔过
从来没有折断过
当天空聚集暴怒的钢铁云团
它的反抗不是掷还闪电,而是
绝不屈服地
把一切遭遇化为果实

现在,柠檬黄了
满身的泪就要涌出来
多么了不起啊
请祝福它,把篮子把采摘的手给它
它依然不露痕迹地微笑着
内心像大海一样涩,一样苦,一样满

没有比时间更公正的礼物
金秋,全体的金秋,柠檬翻山越岭
到哪里去找一个金字一个甜字
也配叫成果?也配叫收获?人世间
尚有一种酸死人迷死人的滋味
叫寂寞

而柠檬从不诉苦

不自贱,不逢迎,不张灯结彩

不怨天尤人。它满身劫数

一生拒绝转化为糖

一生带着殉道者的骨血和青草的芬芳

就这样柠檬黄了

一枚带蒂的玉

以祈愿的姿态一步步接近天堂

它娓娓道来的黄,绵绵持久的黄

拥有自己的审美和语言

[新作] **唤醒你的羞涩**

老姐妹的手

快去看看这双手

这双沾满花香的手,亮丽的手

蝴蝶一样围绕山林飞舞和歌唱的手

卑微的手,苦命的手

被泥巴、牛粪、农药弄得脏兮兮的手

树皮一样,干脆就是树的手

皲裂、粗糙、关节肿大

总能提前感受风雨的到来

生命的手,神话中的手

满手是奶,满手是粥

一勺、一勺,把一座荒山喂得油亮亮的

把一坡绿色喂得肉墩墩的

连年丰收。这双果实累累的手

年过半百的、退休的手

当年的名字叫知识青年

其实并没有多少知识

一辈子谦逊地向果树学习

渐渐地变得像个哲人

懂得该开花就开花，该落叶就落叶

但是这双手还是哭了
不悲，不伤，不怨，不怒
不为什么大事就哭了。快去看看它
看看一池子黏稠的暗绿色汁液
原来是漫山遍野的叶子哭了
这双空空荡荡的手
不干活就会生病的手
被休闲、旅游排斥在外的手
即将被考古的手！紧紧抓住
根里的阳光

戈壁乌鸦

不是一群
不是集体主义者

看你的那个黑
像红到终点的红
自太阳心中滴出

看你的俯冲
像一片削薄的铁，轻啸着
插进飞起来的尘埃

我把你误认为鹰了
我摸到你烈焰中的抵抗了

眨眼之间
千年的黑夜亮了

最后,你落在离我不远的砾石上
校正了我对英雄的片面认识

乌鸦,戈壁的独行侠
假若我有羽毛
每一片都会因你而战栗

墓　碑

我逆血而来
看望九百九十九座坟茔
我的天空呼啸着淌泪

满眼墓碑
赠我众多儿女的名字
母性悲恸无声
我怎能体会四月在这儿的残酷
怎能咀嚼红土和蕉叶的火焰

怎能抵御箭茅草异样的体香

这些年轻的墓碑
十八九岁的枪支
像从土地长出的庄稼
刚刚拔节，灌浆
来不及收获就倒下了

我想，他们和它们
有如人的信仰和枪支的宗教
已合为一体
共同的沉默公式和牺牲法则
讲出了夜是自己的
白昼属于花鸟

我站在巨大的伤痕里
阅遍天体和掩体
我听见灵魂附在耳边说
士兵，是短暂而不朽的亘古式枪支
枪支，是英俊而潇洒的亚热带型士兵

士兵在光荣的深处
枪支在艰难的壕堑
相互拥抱，追溯彼此的起源

此刻,凝固的血

以新的平静汹涌

坟茔佩戴着新的露水和鲜花

为沉思而沉思

战争一身鲜红地流入苍翠

灌溉历史

无愧于最高的山峰

我诗的坡度

始终难与痛惜平衡

万古青苍之下,哀乐轻抚

流水潺潺

我相信每块石碑都在倾听

一封信

凌晨四点,我在给你写信,玲姐

你的诗歌打败了我的睡眠女神

我异常清醒地看着你

从自己的独木桥走来。桥搭在云端

命运如骤雨降临,且带着雷霆的灰烬

这时我的信浑身颤抖

当诗歌一首接一首从桥下的深渊出发

背负着你始终不肯扔掉的苦难石
我的信已经大大超重

有一只关关咚为什么叫个不停
那是从泪谷升起的光明
这时天边亮了。我的信亮了
而你躺在手术台上

少写点诗吧,多休息,玲姐
你说写诗痛,不写更痛
这些痛出来的诗
闪电般激活我全身筋骨
激活我文字的神经末梢

我的信啊
你该懂得有一种疼痛美得惊心
有一种光芒在寒冷的深处

那么玲姐,一起去珠海吹吹海风好吗
像从前那样,我们两个住一屋
我会照顾你按时吃药,我会
把你散落在书桌、床边、墙角的力气
一点点收集起来,放回你的身上

我还会自己做一次邮局

做一次信箱，做一次送信的人
让你在开门的那一瞬
惊喜得像孩子一样手足无措
不知该先看信，还是看我

唤醒你的羞涩

天琳，我突然发现
当你盘子里蛋糕已装得满满
你还在拿。你的手指
好像习以为常

我还发现，当你爬上枝头
总想去摘最红的那一个
你的手指好像理直气壮
从前你不是这样的
从前你的手指像一位古代仕女
拂袖，掩面，些微的不好意思

从前你白天扛大锄，流大汗
夜晚独自钻进果林
练习用花瓣造房，月光造桥
美丽造句

现在，一只鸟

翅膀的愿望已十分微弱
一条鱼,身体的鳞片正一层层消失
你是诗人,触觉渐渐钝化
而羞涩正是一种触觉。所以天琳
我要唤醒你指尖的羞涩

我要在你房前屋后种一些含羞草
让仙丹般的香气
时时在你骨头里走动

让你变得谦逊一些,踏踏实实一些
明白自己对万物常有亏欠
你就会知道什么能要什么不能要

我的孩子

我是你的妈妈

我的盛开的花朵
我的蓓蕾
我的刚刚露脸的小叶子
你听见妈妈的呼喊了吗

我把我大大小小的孩子弄丢了
妈妈的心撕裂了

从此
你只能从树根、草根中吮吸乳汁
一切植物的,还有动物的乳汁

你要多多地吸啊,不要挑食
吮吸那些你不熟悉的
石头的,煤的,一切矿物的乳汁

妈妈也是才明白
有时,时间是不善的
挟持你,逼你交出体温

假如还能重来
我要把你们一个一个全都装回肚子里

你是我伤口里的晴天霹雳
整整一夜,不,整整一生
我都蜷缩在巨大的哀乐中
我的孩子

你能穿过石块、钉子和无边的黑暗
循着妈妈的声音摸到回家的门吗
我的孩子

不要哭

现在我们来玩捉迷藏的游戏
看谁最早捉到凌晨的第一束光线

天空的门永远不会关闭
快去吧，去一个有光亮的地方
看啊，天使选中了你的嘴唇
上帝搭乘你的翅膀起飞

我肉嘟嘟的干干净净的孩子啊
你一定要保持露水一样的晶莹
人生还有多少作业
孩子啊，把你未完成的苦难交给我

你冷吗
妈妈正细心剪裁一小块一小块黑夜
作你棉衣的衬

你什么时候送信来
我会把遍地小花小草
当作你细细碎碎的鼻息

今天，妈妈在暴雨中高擎闪电
战栗着，克制着
用雪亮的一笔，为你写诗
你要记住我爱你，我的孩子

等　你

等你
在桃花源,在桃花源的
陶渊明

这个盛大的季节
大地勤劳,四野澄明

你要空着手来
你要空着心情来
扔掉你扔不掉的杂物
那吸附在血液里骨头里的杂物啊

你要扔掉你的绸缎你的锦

如果你碰巧是位诗人
碰巧又是诗人中的老人
你更要轻装,更要快些来

扔掉你的废墟,扔掉你的累累伤痕
你只需带一件行李上路,那叫自省

你不需搀扶,不需拄棍

心中有菊、有篱、有南山
一首田园诗足以滋养你的健康

你皱巴巴的皮肤一碰春天
准会抽出几枝桃花
你苍老的眼窝准会流出几滴清泉

当你诗里挂满稻谷、山歌
和野芹菜,那若有若无的草香会带你
渐入佳境
我会站在桃花源诗社的版面上,一直等你

随笔 回到果园，回到三岁

看到"回眸"二字就想起了我的果园，那是我青春的纪念地啊。一个刚满15岁没读过几天书的青年，在山野，在一草一木中获得了最初的诗歌启迪。一句一句分行的文字，凝聚了我青年时代的全部梦想、激情和汗水，虽然生涩、幼稚，在见世面的那一刻还是得到了读者的认可。人们亲切地称我为"果园诗人"。

时代为我提供了更多的机会和更好的写作环境。我已经离开果园，去过很多地方，写了比果园诗多得多的别的诗歌。但我的老姐妹，这么多年来，一直没有抛弃我，没有因为我的一些变化和我拉开距离。她们对于我，不能称为朋友，只能称为亲人。我若遇上什么事了，第一时间赶来的准是她们。她们目光清澈，内心敞亮，勤劳、节俭和善良贯穿了生活的全部细节。面对种种压力，显示出了独立而坚忍的承担。我就是这样深信着我的果园。那是富有女性气质的果园，芬芳的、奉献的、母亲一样的果园。正是因为这种特殊亲情的联结，我的内心才重新听到了这片土地的召唤。

又是一年春天，在柑橘花浓郁的芳香中，迎面而来的是我亲手种下的树，意外的是这些树上都挂着我年轻时写的诗歌：《果园姐妹》《汗水》《我们》《青春的星》《心灵的碎片》《团圆饭》……原来果园一直惦记着它离开枝头的叶子。这些连我自己都早已扔到一边的诗歌，等待着我、唤醒着我，不是在印刷版的书上，而是在树上。被绿叶和花香簇拥着，被山风吹拂着，那种特别的新鲜感，掀起了我心中的波澜。

就是这样，我重新回到果园。回到果园就是回到生活的根。我相信我的回来是灵魂和精神的回来，不是花30元买张门票，作为一个旅游者去赏赏花采采果的回来。如果不能为这片土地忧伤、歌唱，我就说不上是回来。说来真是神奇啊，回到根的诗歌立刻就生气勃勃，所以我才会去写老姐妹的手，写岩石中渗出的水，写一棵死去的树。我的诗，我总在第一时间读给老姐妹听，她们的认可便是对我最大的褒奖。

我的根还扎在那片果园里。庆幸没有被拔出来。坚决不拔了。我只想做仅仅是我的果园的诗人。新出版的书，我要发给站立在风中的橘子树、橙子树、枇杷树、桃树人手一册。我不要什么发行量、排行榜。我的读者都是些树叶子，已经成千上万。风吹过，"噼噼啪啪"，就是它们的诵读声。我这样想着、想着，就觉得诗意越来越真实，内心越来越安静。

当我一次次把这些树移植到我诗里的时候，我明确地意识到，我从来没有像现在这样踏实过、轻盈过。我还发现，我的果园已不仅仅是缙云山上那可丈量的500亩土地了，它更加宽广、深厚。在大海、沙漠、戈壁、草原，甚至在国外，我处处都能感受到来自果园的湿润气息。

岁月一溜烟，果园诗人成了外婆诗人。我的外孙女，我叫她"妹妹"。曾经有三年，我带着"妹妹"，一个字没写，一本书没读。"妹妹"上幼儿园后，我在家里有了空闲，第一件想做的事，就是把她说过的话、做过的事，一点点收集起来，写成诗。2003年北京秋天，由于是暖秋，树木都不落叶，一场大雪下来，叶片承受不住，许多树枝都被打断了，我们常去的大花园一片狼藉。"妹妹"用她三岁的小手使劲刨树枝上的雪，手指冻得通红还刨，额头冒大汗还刨，一边刨一边念念有词："我想让它们重新回到树上。"这句话顿时让我心尖一颤！我还到哪里去找这么好的诗呢?

我把这些小诗读给"妹妹"听,希望"妹妹"能获得一点点诗的启迪。她惊奇地睁大眼睛,有一种奇异的光,像第一次看见蔷薇花开一样。

听得懂吗,"妹妹"? 这就叫诗。听得懂,外婆写的我。好像又有点不一样。

我首先写了一本儿童诗。之后,我又写了一些别的诗歌,有人问我为什么老了老了,诗还写好了。表扬用语有四五个,我一时答不出来。但对于其中"干净"二字,我想原因只有一个,就是"妹妹"带我一起去了生命源头做洗礼。那水质无比清澈、纯粹,对于诗歌,多少起点净化作用吧。

新世纪以来这十年,我最重要的旅程就是回了两趟家:一趟是回到果园,一趟是回到三岁。

刘立云

1954年12月生于江西省井冈山市。1972年12月参军。1982年江西大学哲学系毕业。《解放军文艺》原主编。先后出版《红色沼泽》《黑罂粟》《沿火焰上升》《向天堂的蝴蝶》《烤蓝》等6部诗集，主编《新时期军事文学精选·诗歌卷》《新中国军事文艺大系·诗歌卷》。曾获中国人民解放军图书奖、《诗刊》2008年度优秀诗人奖、《人民文学》优秀作品奖。诗集《烤蓝》获第五届鲁迅文学奖。

代表作 向天堂的蝴蝶

今夜我注定难眠！今夜有
十七只蝴蝶，从我的窗前飞过
就像十七朵云彩飞向高空
十七片雪花飘临大地；十七只蝴蝶
掀动十七双白色的翅膀，就像
十七孔的排箫，吹奏月光

十七只蝴蝶来自同一只蝴蝶
美得惊心动魄，美得只剩下美
十七只蝴蝶翩翩飞舞，携带着
谁的哀愁？谁的恩怨？谁的道别
和祈祷？十七只蝴蝶翩翩飞舞
就像十七张名片，递向天堂

音乐的茧被一阵风抽动，再
抽动，丝丝缕缕，让人感到些许疼痛
谁的心就这样被十七只蝴蝶
侵蚀？并被它们掏空？牵引出
一千年的笙歌，一千年的桃花
与一千年的尘土血肉相连！

十七只蝴蝶出自同一腔血液
同一簇岩石中的火焰,那噼噼啪啪
燃烧着的声音,是谁在大笑?
死亡中开出的花朵,是最凄美的
花朵啊,它让一切表白失去重量
更让我汗颜,再不敢旧事重提

啊,今夜我注定难眠!注定
要承受十七只蝴蝶的打击和摧残
可惜太晚了,已经来不及了
今夜十七只蝴蝶从我窗前飞过
我敲着我的膝盖说:带我归去吧
明天,我要赎回一生的爱情

经济时代的战争 [新作]

火车,火车

浑圆,煞白,睁着一只巨大的眼
我承认,我几乎被它吓坏了
我们中的许多人也几乎被它
吓坏了。穿过山镇小站寒冷的重重弥漫的雾
它的脸那么黑,那么突兀,那么
凶猛傲慢地扑过来,撞过来
像头野兽那般发出响遏行云的吼叫
好像执意要把自己的嗓子
喊破;把我们寒着的胆,喊破

我们叫它黑头鲨、黑虎、黑脸豹子
用些见过和没见过的动物
给它命名,描述它的粗鲁
它多少有些丑陋的外貌
回看我们自己,该怎么说呢?
是一群绵羊。一堆刚刚从泥土里挖出来的
土豆,正准备装进它长着许多脚
像雷一样轰轰隆隆蛇行的
肚子里,运往未知的地方,即使展开我们的
想象,也无法到达的地方

我后退八步,狼狈地,惊惶地
害怕它脱缰般地望着它

我想,它如此飞扬跋扈,如此横冲直撞
是不是看不起我们?是不是嫌我们
身上带着太多的泥沙,太多的
暂时还去不掉的愚笨和陋习?
我想,是的!它一定是要给我们一种
警告,一种压迫!让我们从此懂得
铁,是不能触碰的,必须乖乖接受它的控制
而我身边的那位却控制不住自己了
他蠢蠢欲动,两眼闪闪发光
正拨开我们的肩膀,踩着众人的脚
像一支箭那样,把自己射了出去

四十年前那个寒冷的早晨,那一车
疙疙瘩瘩新挖出来的土豆
就这样,在我的记忆深处
摇晃和滚动,顽强地,持续不断地
散发出一股淡淡的土腥味
四十年过去,我知道包括我在内有几颗
还卡在了城市的夹缝里
依持着他们的天性,在万紫
千红中,默默地生长,默默地开出
蓝色的土头土脑的花

更多的人坐着那列火车原路返回

在从前的土地上，重复着一颗土豆

生长的周期，一颗土豆的命运

但也有人死了，且死于憎恨城市

厌倦土地，且死于非命

就拿当年我身边的那位

故乡来人说，就因为坐过那次火车

他让那列火车，轰轰

隆隆，跑进他的身体里去了

据说行刑那天，他满脸青紫

一根绳子勒住了脖子

但他依然在喊：火车！火车！……

经济时代的战争

现在满城的耳朵都在倾听枪声

但枪声是听不见的

它们绵密、急促，又销声匿迹

不断变幻着射击位置和角度

有如大白鲨牙齿锋利，在深海游弋

让你身中数弹却浑然不觉

当你环顾四周，谁不是深陷战场？

谁没有被侵占被包围的那种

迷茫、惊悸和恐慌？

夜幕下,有人在交换贞洁

有人在盘点细软,更多的人却找不到

自己的战壕,嗡嗡,嗡嗡

像一群到处碰壁的苍蝇

剩下的那些孩子,多么无助

他们少不更事,但却被一根鞭子

猛烈抽打和驱赶

而这根鞭子,你同样也看不见

阵线太混乱了!我们谁说得清是胜利者

还是失败者?谁说得清

什么时候踩上了地雷?什么时候

越过了边界?战争就这么没有道理可言

就像大面积轰炸,难免不

伤及无辜;清创伤口

又锥心刺骨,将痛得你血泪滴答

那些默默倒下的人,有勇士

也有懦夫;有光荣的殉道者

也有倒霉的冤大头

更多的人只是误入歧途,在混战中

死于陷阱和乱枪。那时子弹纷飞

但子弹是不长眼睛的

且来势凶猛,带着点宿命的意味

你被它击中,你光荣捐躯

只能说明这粒飞翔的子弹,盲目而宿命的子弹

不偏不倚，正好撞在你的身上

现在我置身的这座大楼万籁俱静
暂时还没有被攻陷的迹象
这使我能腾出手来，字斟句酌
反复地推敲那些语词
又反复摧毁，就像我反复穿越道德与良心的
开阔地，反复地出局和掉队
我告诫自己必须清醒
必须坚持，必须全神贯注
一旦仆倒，我期待我身上的弹洞
我不知何时已结痂的伤口
还能流出新鲜的血来
在诗歌中，在我未来的生命中

父亲是只坛子

那天我惊愕地发现我年迈的父亲
是一只坛子，一只泥抟的坛子
手捏的坛子：木讷，笨拙
每一次移动，都让人提心吊胆

父亲却顽强地活着，顽强地让耳朵
倾听风的声音，雨的声音
儿女们在大路上走近

又走远的声音;顽强地让满口松动的

牙,咬住渐渐消逝的日子

如同门上那条搭链,铁咬住铁

这是我在三个月前看到的父亲

那时他沉默寡言,开始超剂量地往身体里

回填药片,有种死到临头的恐慌

他当然知道凡药都是有毒的

但也知道,他一年年耗尽的力

早把他身体的四壁

掏成了一只泥坛子,一只药罐子

三个月后当我再次见到父亲时

他已躺在一具棺木里

嘴巴张成一只漏斗

像口渴了,盼望能落下几滴雨

我苦命的父亲,这个眷恋世界的人啊

那天在睡梦里从床上跌落

作为一只坛子

他哗啦一声,不慎把自己打碎了

子非鱼

如果你像纸那样把自己折叠成一尾

薄薄的鱼,从门缝里游进来
我将在水里比你沉得更深
如果你对我喏喋,说让我们以同盟的力量
跳跃龙门,那我将弃你而去
像飞溅的浪花,挣脱一小股激流

我说子非鱼,安知鱼之乐?
我说我就愿意待在水里,愿意被这无边无际的水
推动我的一生
如同风不留踪,水不留痕

我愿被淹没在水里,如你愿孤悬在天空

在桠溪听蛙鸣

这个夜晚我在梦的边缘侧身而行
有几缕风从1972年吹过来
伸手不见五指,一场黑色的雪落地无声
覆盖了我四十年的脚印
还有针尖大的那么一点小小伤感

我听见它们在田野里喊我
那么急切,那么忧心如焚的样子
好像这四十年我如泥牛入海
它们就一直趴在水洼里

趴在杂草中,这么喊我
连嗓子都喊哑了,连两个腮帮子
都喊得鼓了起来

我想总得有五百只,八百只
跟我老家村子里的人
大约相等;或许还更多
比如有十万只,这就让我突然想到
那是一个县在喊
因为它们分明在使用同一种方言

它们就这么喊我,像喊魂喊冤
喊一个埋在土里的人
我说我不是坐在了这里吗?
我不是答应你们了吗?
我还说,我其实也很想你们啊
但我的想,不知从何说起

可它们不理我,它们在继续喊
像要把天上的星星喊出来
把河里的流水喊回来
而我已热泪盈眶,我突然意识到
四十年过去,我把自己给弄丢了?

它们就这样喊啊,喊啊

这些桠溪里的青蛙

这些隐形的至今还记得我的亲人

它们整整喊了我一夜

它们固执地要把一个青衣少年

从我的身体里喊出来……

在一处仙境跋山涉水

我相信有一种意志，命令桃花

在三月里开，在四月里开

顶多开到五月，开完便闭门谢客

在天地间垂下绿色的大幕

而你说：快！快把那道大幕拉开

用洗去尘埃的手，抚摸

高山和流水。现在是六月

现在天空是我们的天空

桃林是我们的桃林

如果再错过，或许将终生错过

我是在你血脉里漂浮的那个人？

晚来风急！三百亩桃林

我只寻找命中的那一棵，遍地的落英

能把我埋葬的那一棵

九百级台阶我疾走，我缓行

我落下比这天的雨更多的
汗水,仿佛在进行一生的耕作

在一处仙境跋山涉水,我知道
我的双腿是被我的灵魂
带走的;我知道我脚下的
路,是雨后峰顶上升起的那道虹霓
七彩斑斓,正跨越七重海洋

随笔 塞弗尔特走在人群中

我无数次想到这样一幅画面：在阳光下，在割面的寒风中，雅·塞弗尔特衣着黯淡，眼眸深陷，正像一个卡车司机或铁路扳道工那样行走在布拉格熙熙攘攘的人群中。让我想入非非的，是这个布拉格郊区普通工人的儿子，在六十三岁那年，用一首赤诚的诗坦荡地陈述了自己的一生。塞弗尔特说："如果你称一首诗为一支歌/——人们经常这样说——/那么整整一生我都在歌唱着。/我与那些一无所有的人一道走着，/那些靠双手谋生糊口的人们。/我是他们中的一个……"

回溯起来，我喜欢塞弗尔特，不可救药地在这位大鼻子蓝眼睛的诗人面前感到悲哀和羞惭，正是从读到他这首《如果你称一首诗为……》开始的。不是它的思想有多么深刻，技艺有多么高超，是它以惊人的朴素，以贴近地面的诚实，以沉入社会底层却不加掩饰的那种姿态，深深感动了我，刺痛了我。我觉得这个身处不同国度却与我们有着相同遭遇的诗人，仅仅凭这首诗，就值得我仰望，值得我崇拜，值得我一辈子收敛起曾经有过的野心。虽然我也差不多一无所有，是个靠双手谋生糊口的人；虽然我也曾苦闷、软弱和恐惧，而且很难说今后就不再苦闷、软弱和恐惧了，但我说不出我是"那些靠双手谋生糊口的人们"中的一个；说不出"我与他们一起经历了/他们所必须经历的一切"；说不出"他们的血，每当奔涌时，就喷溅在我身上"。而我之所以说不出，是因为我没底气说，没资格说。在当今中国的诗人中，谁敢这样说？谁有资格这样说？那么，是什么妨碍着我们的朴素，我们的坚忍和深沉？

答案是，不仅在物质上，而且在精神上，我们都已经很少能做到像塞弗尔特那样"从未脱离过养育他的土地或是那些生活贫困、社会地位低下的人们"。因而我们的书写，也很难像他那样"触及人类情感最深奥的部位和他们生活的最微妙之处"。

我们经常说诗歌要贴近人民，诗人要做人民的代言人。其实诗人本来就是从人民中产生的，是人民的一员，但当我们进入诗歌时，却自觉不自觉地游离这个群体，仿佛诗歌不再需要粗重的呼吸和喷溅的血了。这使我们的写作长期处在一种悬空状态，也使我们成千上万的分行文字肌肤苍白，四肢冰凉，"不比一只蟋蟀的唧唧叫声更聪明"。我们的诗人，是否也到了重新调整姿态的时候？哪怕我们有可能举步维艰，跌跌撞撞。

塞弗尔特始终对民众保持着恭顺而忠诚的姿态，始终与那些生活贫困、社会地位低下的人们走在一起。他以全部的努力，热情而坚定地歌唱这个"自爱的人群"。因而，在他的祖国捷克，几乎每个家庭的书房中都有他的诗集。

那么我们呢？我们的诗有多少人读？我们的诗集被多少家庭放在书架上？

杨晓民

1966年生,河南省固始县人,武汉大学中文系毕业。出版社会学专著《中国单位制度》(与他人合著),诗集《羞涩》,文化散文集《江南》《徽州》《徽商》《河之南》《望长安》《燃烧的历史》等,主编《百年百首经典诗歌(1901—2000)》《中国当代青年诗人诗选》等。获第二届鲁迅文学奖、《人民文学》诗歌奖等。担任《人在单位》《江南》等大型电视纪录片总策划、总撰稿。策划2005—2010年六届央视新年新诗会。1995年参加第十三届"青春诗会"。

代表作 半张脸

这是无量寺。这些涂抹驴粪的墙,牲畜的身份
这些随风而落的叶子
冒着寒气的豆油灯
还有麦子的骨灰,我的一首小诗,随着一块石头入土了
这就是无量寺。土生土长,扁长的豌豆荚
外出民工的空房子结出了老茧
一张地图包着知了的叫声,包着固始三黄鸡的叫声
包着固始西南方言的小调。我的无量寺,妖媚的小水塘里
半张脸
趴在门缝上,向北,向北
这就是无量寺,稻草染白了,鸟儿绝迹了,一亩地的收成
这从根子里挖出的黄金,仿佛一口井上抽出的新芽
一扇窗子打开又缓慢地关上
这些都刻进我驳杂的记忆:久远的渴念,以及
路上一头奶牛的信仰:半白半黑
这就是无量寺,一张丑陋而幸福的
嘴脸,一个村庄的不解之谜

> 新作　**北纬18度**

海　岛

我不是孤独的

我是孤独的

我是大陆的一部分

我不是大陆的一部分

大海,使我远离大陆

大海,让我与大陆紧紧相连

我是中心,是边缘

我是非中心非边缘

静如处子,漩涡却占据了我大部分的生活

九死一生,我尽力避开这世界的喧闹

让太阳慢慢叫醒荒芜的海草

佛似大海,黑夜留住了佛

佛就是大海

我就是那一棵关乎造化的佛根

碧波万里的海岛

永不沦陷的海岛

孤悬海上,海沸腾在飞鱼的泡沫上

让一切希望落空

我从这灾难中寻找大自然的恩赐

寻找一颗珍珠孕育真理的方式
我在悲苦的海水中结晶为盐
这上帝的况味
咸，不仅仅是舌苔上味觉的变异
它是一切逆来顺受的命运
孤独，但不孤立
我在无数次的毁灭与新生中超越潮汐的力量
我软弱，但不屈服
我坚定，却悔过我的自以为是
我残缺，却没有放弃地平线上
哪怕一丝微弱的光
折断的帆，停在秋风的岸边
仿佛我梦中的一次背叛，一场疾病
我孤傲，却不孤僻
一只蝴蝶在玻璃下粉碎，静静地响
我读出并拨回罗盘上迟疑的秒针
这大海永垂的刻度
这大海敲响的丧钟
当一切消亡，我还是那叶孤舟，那片孤岛
我会还回一个大海
一个谁也毁灭不了的大陆的歌唱

父 亲

你交出了耳、鼻、喉,只有骨头以火的形式呈现

那是若干年之后的场景

你交不出我们的爱,那对死亡的恐惧和憎恨

变本加厉

金木水火,这上帝烧掉的果实

我梦见风吹乱你的头发,而你用土包裹自己

死,因活人而存在

这埋入土地的疼痛,夺走我们童音里的呼唤

父亲独自远行了,深渊之火

这麦子心尖上的战栗

我无法复述一只野兽眼里的悲恸

妈 妈

我看见妈妈,慢慢地老去

仿佛灶台上的一缕炊烟

束手无策

我无法承受

一座新坟

这大地上最阴郁的所在

带给我的悲痛

割去周边的杂草

四只灰喜鹊指路:妈妈回家,妈妈回家

妈妈来到我的梦中

留给我一团古老的漆黑

一半是悔恨，一半是绝望

妈妈，我在你暗淡的目光里乞求

我伏在你空虚的膝盖上无休止地哭

无休止地写，写

而这一切，你已无法感知，你的心比石头还硬

我要坚持到底，我要用诗撕碎这大地的罪恶

撕碎这肮脏的新虫子对我悲哀的侵蚀

每写一行，我的痛苦就减少一分

铁匠铺

很多年前，我看到一位铁匠

长而黑的围裙晃动着

一块铁，一块铁，放在砧子上

那是乡村青春的燃烧

工业园动工了，铁匠铺

火光依旧照耀

摇柄弯曲

生铁在秋风中飘荡

在空气里扭曲，变形

河流映上了铁色

乌黑的城

铁匠继续加热

敲打依旧

拆迁的风声紧了

臭汗,泪水,预热的足尖

铁青的老脸

藏着无数小小的欲望

由生向熟,通红透亮的铁,铁器

这贪得无厌的生活

你为自己打制最后一副面具

仿佛挂在酒壶上的彩霞

又轻轻地把它摘下

打铁的炉子关了

我再也听不到比它更美妙的声音

叮叮当当

火盆上的自由与锤子

跳跃在无量寺村卑微的回忆里

黑夜,黑夜

一只守护的鸟

绕着铁匠铺的废墟

尽情地唱,却不停留

黑土豆

一颗土豆埋在黑土里

它不可能裸露到地面上

它无法向上展示道德的肌肉，它缺乏藤蔓的柔韧
光合作用的植物，五颜六色
只知往上爬
这是东北古猿的哲学

在不见五指的地方，比土地更黑的
土豆，像绝育的矿苗
在地下繁衍子孙，刻写进化的乖张
仿佛一堆粗野的顽石
喂着饥饿的胃，麦子死去的田野
冷酷而多变
地下烧熟的蛋
地上茁壮的脸
闪电穿不透一寸泥土
死于安乐的土豆复活了
这秋天无法抑制的想象
谁的身体饱满而危险

南海之痒

一片大海睡去了
一张地图钉在仿真的墙上
太平岛，黄岩岛，永兴岛
一排排无名的暗流
阳光破窗而入

沉入，沉入远方的思想

或一个更为广阔的风暴

返回的途中

我盯着一只南下的鸟反复地看

它像我吗

像我热爱的花梨

像我热爱的沉香

像我热爱的恋人

这欲望的飞行

当黑夜来临

熟透的大海越来越腥

越来越接近少妇的诱惑

金海岸

海棠湾

一个分割告密者和失踪者的小镇

在海水反射的镜子里步入玄妙的高潮

它的颜色金黄

风带不走

雷打不动

大月亮晒在南山上

致昌耀

我来到你的故土
你死了，我还没有老
贫困的歌手，气绝高原
我提着一轮滔滔的江月寻你

受难，或是行吟
年轻时读你的诗，我们忍受着共同的饥饿
现在我酒足饭饱，而你空无一物
诗的圣湖冰冻了，我看不到美的诞生
你我相遇时，是何等的尴尬

迷途的鸟，寂寞的鹰
死亡从不是我们的禁忌
推开一扇门
我们的诗隔着千山万水，你的面孔刻入末日的夕照
关闭虚伪与谎言
我们真实得只剩下骨头，永不包装的骨头
喂养土地的骨头
至死，我们不被理解
并非荒腔走板，是我们从来不愿那样生活

[随笔] 十年之痒

十年前,我在《诗刊》发表过一篇《一个小诗人》的文章。我清醒地意识到,我终其一生也不能向伟大诗人的高峰攀登,重复自己和别人无疑是一种浪费。所以我认为,拿出自己用于研究、写作诗歌的时间去做点利国利民的实事,不失为一种理性的选择。至今,我还没有改变我对自己诗歌写作前景的判断。这是我搁笔诗歌十年的主要原因。

十几年前,我出版过一部社会学专著《中国单位制度》,拍了一部影响颇大的《人在单位》纪录片。十年后,我同样陷入到人在单位的困惑。对于一个个有限的生命个体,人类超越自身的努力,人类无功利的审美,人类诗意的栖居都是对苦难的一种平衡。所以,当我们身处职场,诗歌对人性的温暖的反映,诗人的艰苦创造都呈现出非同寻常的价值。这是诗人在人类精神和情感世界的担当。

事实上,十几年来,无论是陷于现实的泥沼,还是在其他种类或文体的尝试上,我始终对诗歌怀有一种发自内心的敬畏。这种敬畏使我把诗意植于纪录片的创作中,把精英的现代诗歌制作成面向普罗大众的电视节目。有人戏谑说我是"作家电视"的代表,意思说我在用反电视的技法制作节目。我想这不完全是曲解,我确实把文学前所未有地带入了电视,对纪录片进行了诗化表达,创造了一个反映地域文化的电视类型片。在一个纪实泛滥的影像世界里,展现一下文学的肌理是对想象力匮乏的拨乱反正。电视最终是一种技术革命的产物,它不存在创作手法上的高低,这是我对电视这一大众传媒本质的理解。《江南》《徽州》《徽商》《河之南》《望长安》《龙之江》《屈原》等十部纪录片的问世,即是佐证。电视确实是一个耗人的行当,十年下来,我感觉到空空荡荡,无论是智力、知识还是体力。一个优秀的电视节目,是资金和人力最佳配置的结果,所以,从"新年新诗会"诞生之日起,我就知道它的结局。坚持六年,已然是个奇迹:都云作者痴,谁解其中味。

十几年前我说过诗歌是诗人人生失败的产物。若干年后,太多的人和事将化为乌有,也许只有少许的诗句可作为岁月的留存,这是诗人的自慰。偏居南海一隅,行走荒蛮边陲,我和我的同事们承担着建造一座中国文化新城的使命,其未来的艰辛与困扰,或未可知。年初一位朋友从海外飞来,声称诗人的当下意义是把诗歌写在锦绣山河上。我想,这不失为一种善意的提醒。中国诗人,中国知识分子的入世情怀何时淡漠过?成为一个城市的开拓者、奠基者之一,何等幸运!人生苦短,一个人一辈子做成一件事,实属不易,然而,我们何曾忘怀我们人生记忆里诗的底色。当喧哗退去,繁星闪现,波起浪涌,我把我的思想、文字和对历史的体悟写入大海般的辽阔里。

还是十年前的那句老话:在转身的刹那,我发现诗歌还在感动着自己。诗是我的情感、心灵、家园所在:终点就是被忘记,我早已经到达。

娜夜

1964年生，辽宁兴城人。在西北成长。南京大学中文系毕业。1985年开始诗歌写作。著有诗集多部。《娜夜诗选》获第三届鲁迅文学奖。1997年参加第十四届"青春诗会"。

代表作 起风了(外一首)

起风了　我爱你　芦苇

野茫茫的一片

顺着风

在这遥远的地方　不需要

思想

只需要芦苇

顺着风

野茫茫的一片

像我们的爱　没有内容

生　活

我珍爱过你

像小时候珍爱一颗黑糖球

舔一口

马上用糖纸包上

再舔一口

舔得越来越慢

包得越来越快

现在　只剩下我和糖纸了

我必须忍住:忧伤

[新作] 大于诗的事物

云南的黄昏

云南的黄昏

我们并没谈起诗歌

夜晚也没交换所谓的苦难

两个女人

都不是母亲

我们谈论星空和康德

特蕾莎修女和心脏内科

谈论无神论者迷信的晚年

一些事物的美在于它的阴影

另一个角度：没有孩子使我们得以完整

摇椅里的风

没有比书房更好的去处！

猫咪享受着午睡

我享受着阅读带来的停顿

摇椅里的风

和书房里渐渐老去的人生……

有时候　我也会读一本自己的书
一个自己的体验者
我调暗了灯光

都留在了纸上……
像一些光留在了它的阴影里　另一些
留在被它照亮的事物里

纸和笔
陡峭的内心与黎明前的霜……回答的
勇气
——只有这些时刻才是有价值的

是的　我最好的诗篇都来自冬天的北方
最爱的人来自　想象

喜　悦

这古老的火焰多么值得信赖
这些有根带泥的土豆　白菜
这馒头上的热气
萝卜上的霜

在它们中间　我不再是自己的

陌生人　生活也不在什么别处
我体验着佛经上说的：喜悦

围裙上的向日葵爱情般扭转着我的身体：
老太阳　你好吗？

像农耕时代一样好吗？
一缕炊烟的伤感涌出了谁的眼眶

老太阳　我不爱一个猛烈加速的时代
那些与世界接轨的房间……

朝露与汗水与呼啸山风的回声——我爱
一间农耕气息的厨房　和它
黄昏时的空酒瓶

小板凳上的我

夜晚的请柬

吹进书房的风　偶尔的
鸟鸣　一种花朵
果实般的香气　晾衣架上
优雅而内敛的私人生活
和它午后的水滴

对爬上楼梯的波浪的想象……

下一首诗的可能

钢琴上的巴赫　勃拉姆斯

她习惯了向右倾斜　偶尔在黑键上

打滑的小手指

或者米兰·昆德拉的轻

夜晚的请柬上：世界美如斯……

他在想：而这一切都在滋养着一个女人

心底的温泉

大于诗的事物

世界是愤怒的

太阳像一坨牛粪

吃羊肉啃羊头的诗人起身盟誓：来世变成草

我变成什么呢

花瓣还是露水

还是刺？

天知道哪片云彩里有雨

谁知道你？牦牛还是卓玛

一定还有什么

还没发生

还在命里

大夏河　我掏出我的心洗了洗

活着如此漫长　一条美妙的裙子

一场爱情的眼泪

还应该有一种随时准备掉下来的感觉

大于诗的事物:天祝牧场的炊烟

省　略

大地省略了一句问候　仿佛童话

省略了雪

在圣·索菲亚大教堂

谁在祈祷爱情　却省略了永远……

祈求真相　却省略了那背叛的金色号角……

——"我想在脸上涂上厚厚的泥巴

不让人看出我的悲伤……"

上帝的额角掠过一阵在场的凄凉:唉……你们

人类

是啊……我们人类!

墨镜里　我闭起了眼睛

你　合上了嘴

十二月的哈尔滨　白茫茫的
并没有因为一场沸腾的朗诵　呈现出一道
叫奇迹的光
和它神秘的
预言般的色彩

寂静之光

此刻　他是站在天桥上往下看的人
还是一只落在天桥上的鹰？

夕光中　他甚至做了一个俯冲的动作
他看见鹰翅下辽阔的玛曲草原和风
风中的羊儿吃草
吃具体的露水
吃太阳的光亮

多么漂亮的两匹马啊
马背上的神也那么年轻

他们经过了什么
那些用藏语命名的事物和它们的寂静之光

在那遥远的地方
他们经过什么
什么就点燃篝火　哼起深情的牧歌……

当他收拢双臂
他是看见美好之物如何转瞬即逝的人

——文明是多么的拥挤和喧嚣和惊慌失措

自由落体

为自由成为自由落体的
当然可以是一顶帽子

它代替了一个头颅？
怎样的思想？

像海水舔着岸
理想主义者的舌尖舔着泪水里的盐

他再次站在了
高大坚实的墙壁和与之
相撞的鸡蛋之间……

——你对我说　就像闪电对天空说

档案对档案馆说

牛对牛皮纸说

手　语

两个哑孩子

在交谈　在正午的山坡上

多么美　太阳下他们已经开始发育的脸

空气中舞蹈着的:手

缠绕在指间的阳光

风　山涧溪水的回声

突然的

停顿

和

跳动

多么美

——如果没有脸上一直流淌的泪水……

浮　动

她不是人间烟火的　是昆曲

和丝绸的

是良辰美景奈何天的　当她发呆
一个人看雨
在花店里绣白玉兰
绣:上善若水
她的美　上浮百分之二十

江南
旧木窗的黄昏

湿漉漉的　她哼唱　仿佛叹息:
我把烟花给了你
把节日给了他
但以后不会

她的美　又上浮百分之二十

村　庄

她在门槛上打着盹
手里的青菜也睡着了

正在彼此梦见?

孤独是她小腿上的泥
袜子上的破洞

是她胸前缺失的纽扣

花白头发上高高低低的风

孤独　是她歪向大雾的身体和寂静的黄昏构成的

令生命忧伤的角度……

——只有老人和孩子的村庄是荒凉的！

动　摇

一树动摇的桃花使几只蜜蜂陷入了困境

它们嗡嗡着

嗡　嗡着

风不停

它们嗡嗡着

在春天的正午

在一个歇晌女人曲折隐秘的心思里

嗡　嗡着

风不停　从古代吹来的风　不停

[随笔] 一个球盲的足球之夜

我的鼠标动着,我的键盘响着。我在做足球。

一个球盲在做足球版。

他们说图片放大,我就放大。把腿拉长,我就拉长。把风雨切掉,我就只留下蓝天白云。

2002年世界杯,我还是彻底的球盲。

今天有罗纳尔多。

哪一个是罗纳尔多?

你连罗纳尔多都不认识?

嗯,不认识。

当时,全世界的足球人里我只认识一个米卢,还是从央视广告上认识的。那天,朋友四岁的女儿对着做广告的米卢说:"阿姨,他的头发像方便面。"

世界杯很关键,媒体在大战。总编总动员。

我的鼠标动着,我的键盘响着。

一个哑巴在做足球。

灯火通明的报社大楼里,上下左右都在兴奋地说着足球,我说任何不相干的话都等于废话。于是,我就知趣地成了一个等待指令的哑巴。

我一会儿望望头顶的星空,一会儿看看人间的灯火,或小声哼哼Anthem(足球圣歌),或突发奇想外星人或许正坐在飞碟上看地球的世界杯……

中国队回家了,按既定方针办。楼道的另一头,传来老总悼词般的声音。

既定方针……这个我明白:预料中的中国队小组未出线,即失败加回家。

大伙快起标题。出点彩!

国足们……国足们……国足……们……一个声音停下来。

抽烟的抽烟,打火的打火。

然后一片寂静。

洗洗睡吧……另一个声音接上了。

对,洗洗睡吧。

国足们洗洗睡吧!——《兰州晚报》的声音。头版头条。

我的QQ上,一个头像晃了:"娜夜,用这张脸。"

图片说明:好受伤。

这是一张努力向上仰起的脸,一张东方中年男人的脸。在欢呼和叹息的轰鸣里,这张脸正在努力向上仰起——逼回眼里的泪。他倔强的嘴角因强烈的克制而深深凹陷。是的,这张脸正顽强地克制着眼前的失败……汹涌的泪水……

这样的一张脸怎么可能会猫咪般呻吟:好受伤。

热爱的眼泪!

在微明的曙光和热起来的晨风中,我把这句话放在了这张脸的下面。

马新朝

（1954—2016）河南唐河人，曾任河南省作家协会副主席、河南省诗歌学会会长。曾获得第三届鲁迅文学奖、第三届河南省文学奖、《莽原》杂志文学奖、《十月》杂志文学奖。著有诗集《幻河》《爱河》《乡村的一些形式》《低处的光》《花红触地》，报告文学集《人口黑市纪实》，散文集《大地无语》等。作品被译为英文、日文、韩文、阿拉伯文、希伯来文等。

代表作 ## 夜晚，穿过市区的熊儿河

压低身子
再压低一些，压低
避开灯光，人群，思想

这幽暗的一群，提着箱子
背着包袱，在熊儿河的河底，奔跑
急速，紧张

有时它们会直起身看看，听听
又继续埋下头向东奔跑，你看不清它们的脸，也没有哭声

它们是什么？白天躲在人的体内，话语间
楼房的拐角处，文字以外
窗帘里边——

它们不会留下证据，就像这条河
天一亮，又还原为流水
阳光像奔跑着的笑

[新作] 写给未来的一天

河　床

冬日的河床,像一个人被强行脱光了衣裳
喳喳叫着的鸟雀们,从清朝,或更早的年代飞过来

有风的大桥下,往昔,有许多晦暗的身体
散落成一个个明亮的水洼

沙层下有情绪在聚集,形成连连的沙丘

风吹着

一块镇石在平原上稳稳地压着被风吹乱的绿色纸页

远处的机井房,攥紧拳头,用灰白色酝酿激情
鸟群翻弄着阴郁的文字

风吹着,空空的纸页上,内容被反复地删除
空无消耗着一个人的行走

河　边

冒着热气的河水突然停留在往昔

死去的嗓音,在岸边染色的花瓣中醒过来

一只黑鸟从对岸闲置的机井房上空飞过

精确的弧线,勾画出滩地上那个除草人
缓慢地下沉

蒙面人

一个蒙面人来到我的屋内
在我的梦中潜行

我躲在另一本书的后面,用
字迹模糊的影像做屏障
黎明,正是人鬼难以分辨的时候

来人是谁?死者
还是权谋之人?是对手还是朋友?
它的脚板上沾满了
闪电和露水

一个蒙面人闯进来
在我的房间里四处寻找,低吼着我的名字
胡乱地翻检着我的杂物和书籍
它在我的一本日记上稍作停留

像是找到了什么证据,戛然而止

我开始反思自己的言行,这些天里
我埋头工作,从没有多说一句话
而且总是见人就笑

烈　士

他只是站在高处
或者风中
在旷野的草丛中滑动,并不呼吸
血从一个垂死的老人的
回忆中流出,他从那些血中不断地
站起。一位演员代替它
重新在大地上行走,却无法承受
他的重量和残缺
他急于离去,向黑暗中滑去
那里有着他的身体的另一部分
不为人知,它急于回到那里
与它们会合,并
重新诞生

写给未来的一天

这一天会来到的

会的

现在,他丑陋地躺着
接受你们的告别
你们这些好心的活着的人啊,用这些鲜花
来掩饰他以往的过错,还有那
永恒的孤独

他曾经是一个生命
微小,透明,忙碌,话语带着乡音
一生向善,不愿作恶
假如他的生命,妨碍过谁
假如他的死,伤害了谁
请原谅这个可怜的人

像一本书隆隆地合上,不再打开
没有重新开始。结束了
通向人世的大门已经紧紧关闭
没有光,没有家
也没有远方

回来吧

回来吧,你们这些流浪的山
流浪的水,你们这些失踪多年的小路

回来吧,你们,草茎上的露珠

风中的花朵,蓝天的蓝,大地的辽阔

这是深夜,我这没有灯火的残躯

将引领你们回家。回来吧,绿过我的绿叶

伤过我的水湄,还有我的行走,从远远的路上

回来吧,我的嗓音,我的手指

我的勇敢的裸露于尘世的脸,回来吧

这是深夜,我要收拾这一地的散落

我要给你们这些还在游荡的孤魂

以短暂的安适和名分;我要引领你们

还在琴弦上的哭,我要用夜的黑

洗浴你们,我要用夜的静

疗救你们

家属院偶遇一个熟人

许久不见,他更像一个影子

影子的移动,更像梦

他由一些灰烬组成,由官场上的一些术语

修饰而成,被深蓝色的西装包裹着的

某一个想法,足以使一只黑鸟下沉

并带有某个地区凉阴的霉味

于是,那里的山高水低,那里的蒿草和芥菜

还有众多的人脸,与这些影子混杂

从而滋生出更多的影子。我也是影子

当影子和影子相遇,它们的边缘处
竟摩擦出火花。这是一个带有电荷的
影子,里边有着公共厕所的标牌
它快步地从我的面前走过
消失于第二个门洞,像机动车的尾灯
溶解于雾中

夏日的雨水

天地之间,夏日运行着
夏日的狂暴,夏日的肿胀,夏日的骚动
夏日的激情
可见与不可见的事物里充盈着雨水

男人们在云中寄信
老练的收信人在自己想象的雨水中
独坐
夏日带着它们走,它们对云中的内容
烂熟于心,一个个都是吸收雨水的老手
在雨水落下来之前,先是闪电
后是雷声
本能的伟力在河流上暴动
狂风劲吹,飞沙走石

下雨的过程多像一个男人的喘息

他把粗暴的意志归还大地,茂密的植物
演奏着勃勃生机

保持沉默

我不是一个人

我是一群人、一群的我,我们有着

众多的屋顶、路、嗓音、方向

它们只是暂时地租用我的身体

我无法代表我,或是其中的某一个

我与你说话时,只能一个人说话

一个嗓音,众多的嘴唇闭着

它们在暗处听,并骚动

因此,大多数时候,我保持沉默

起风之前

起风之前

我要清点这些房舍和树

它们有的走得太远,我还要清点羊群

它们个别的已经走散,起风之前

我要把田里的玉米,全部收起

装进塑料口袋,把土末子运进厩棚

起风之前,我要在原野上,收回

奔跑着的血、骨头，还有我的被西风吹冷的诗篇

我还要收回我的嗓音，它们喑哑得

像秋天的石头。起风之前

我要收回雀鸟们正在阅读的书，书中的内容

不宜在黑暗中流传，我还要收回那些

长时间在村外行走的小路，像井绳那样

盘起来，挂在自家的墙头，起风之前

我还要去看望住在曲胡上的

那些惆怅和老年斑，告诉他们，就要起风了

起风之前，我还要为我的母亲留好门

很多年了，她住在冷冷的地下

三尺深的地方

暴风雨

树的枝叶晃动着，像是与谁在交谈

最后又讨价还价

在此之前，树受到纵容

暴风雨最先就是从这棵老榆树的内部

开始的，然后蔓延到整个树冠

以及天空，它携带着树皮上暗色的疤痕

与远方的暴风雨拥抱，奔跑

又在瓦檐上跌倒

这时候有很多的人和事物

加入进去，推波助浪，发出很大的吼声

他们在这场风雨中放大或变形
所有的道路腾空而起
把这个最平淡的日子举起来
重重地摔下

河　滩

初冬,河滩上晾晒账本的人,被水化开
水与岸的嘴唇咕哝着

我俯下身子,看到这些细微的沙粒们都还活着

它们让我靠近些,再靠近些
听那穿着衣袍的风声

白鹭,白鹭

一

夜阑
柳叶湖边的白鹭在喊叫一个人,它急切的喊叫声里
有记忆,有诗篇,有乳汁

白鹭是一个人性

二

柳叶湖边的白鹭在读诗
诗中：弱水三千，苇草三千
它自己是诗行中的第一行。闪闪的白鹭笑了
白鹭是诗中的灯。穿过
三千里的水湄。闪闪的白鹭在读诗

诗中：洞庭水温，沅江水长

[随笔] 遗 忘

　　窗外,马路安静下来,市声寂了,屋内的墙上有梧桐影在摇晃,变幻着种种图样。我坐着,灯也不点,试图在黑暗中回忆些什么,最好是一些让人愉快之事,但脑中竟然一片空白,什么也想不起来,好像自己从未经历过什么。

　　人是最容易遗忘的动物。人经历一生,又能记得多少,大部分的事件转瞬即逝。我们忙碌一天,经历的事,过一夜就忘了;我们忙碌一年,经历的事总难以计数,可回想起来,又能记住什么。有谁还能记得幼小时躺在母亲怀里的情景。人的一生,所能记住的,大概也只是个别刻骨铭心的事,即使这些记着的事,也只剩下一些轮廓,一些影子。如一棵树,模糊地立在那里,我们已记不清它长什么叶子,更多的细节和骨肉我们都忘却了。

　　可细节和骨肉又是最重要的,它构成了人和人的生活。人在日常生活中,被繁杂的事务所缠绕。人是细节的动物。每一天,我们都会经历成百上千的琐事,那么人的一生所经历的事就难以计数。应该说,所有的事件对于人来说,都是重要的,没有不重要的事。一阵清凉的微风吹在我们脸上,就会感到舒适,你能说它不重要吗? 即使针尖大的小事,也是重要的。一顿饭不吃就会饿,少穿一件衣服就觉得凉。炉子上煮的稀饭,你忘了关火,稀饭很快就会溢出来。一件芝麻大的纠纷,如果处理不当,就会酿成大祸。日常生活中的小事,有时也会惊心动魄,电闪雷鸣。

　　而这些大量的被遗忘的事件,全都被储存在人的内心。人的内心是一片黑暗的大海,没有灯光可以照亮它。它无限大,整个世界也容不了它,而它却能装得下整个世界的江海湖泊、高山平原。因此说,最深的是人的心。即使自己也看不清自己的内心,你并不了解它。那些储存在其中的你经历过的事件,我们不知道它以怎样的方式被安放在里面,它们是怎样存在着的。它们大部分永远不被回忆,不被提及。有时我们尽力去回忆某件事,到深海里去打捞它,它们总也不出现;有时却在不经意时,自己冒了出来。我们平时吃得饱穿得暖,行走在上班或者下班的路上,不会想到自己曾挨过的饥饿,只有在看到乞丐时,才会联想到在遥远的过去那些饥饿的经历。

记下这些细节,并赋予它们飞翔的翅膀。

荣 荣

原名褚佩荣，1964年2月出生于宁波，1984年毕业于浙江师范大学化学系。出版过多部诗文集。参加诗刊社第十届"青春诗会"。曾获首届徐志摩诗歌节青年诗人奖、第五届华文青年诗人奖、《诗刊》2008年度诗人奖和新世纪十佳青年女诗人称号。诗集《像我的亲人》获第二届中国女性文学奖，诗集《看见》获第四届鲁迅文学奖。

代表作 妇人之仁

杀鸡取卵炖汤
掸灰抹尘　对付野蛮的蟑螂

闲时描金绣银
绿肥红瘦　也不荒一院的花草

他在外面操劳　车水马龙
她递茶端水　空怀仁厚之心

安逸是一只眼前飞舞的蝶
没有颜色的女人总被温情遮蔽

回家　回家　回家
一次次将生米煮成熟饭

居家之爱　可爱　非常爱
妇道之道　可道　非常道

[新作] **一树繁花**

失　散

那人独自走了很久　这一天终于让自己失散

如果没有真实的悲伤找到泪水

如果泪水的光芒刺激了曾经不被安慰的

肉体将永远灰暗而时光也无法掂量

生与死　清与浊

永恒向上的和最终沉沦的

它们也将回来相认

他的遁形远世和寂静的尘土

讨　薪

没有学过资本论这并不妨碍他

拥有剩余价值与自用价值

过去的一个时间段里

他用他的汗和血　创造了前者

现在　他想用他的命换回后者

他知道命要更值钱些

围观的人也知道

他要的钱太少　却爬得太高

他学过一些低等数学　他也知道不划算

他只想努力　努力在这之间画上等号

安　良

他为他的暴力准备了一个夜晚和一百条舌头
她却只有一个闸门　这个被说服的人
有太多的不安需要走过一场风雨的飘摇
走过激情的纵横和共有身体里的几副灵魂
此刻　院墙外花朵的凋零更像是一种飞翔
那只任性的鸟却突然停下来
看他的爱如何抵达她的腰部
也许还要向下并再次相互确认：
她是他的良家女子变质
他是她的良辰美景虚设

一树繁花

一树繁花可以用丰腴轻视生死
却无法看淡眼前之美
瞧　一朵花总会擦碰到另一朵
意料之中的哗然更像一种暴力

太多的花　太多凋残的走向
太多的肃杀之气　带着它们不管不顾的爱
它们都在争风而风欺压着它们的身子

像一匹过路的马带走蹄声

如果有一朵得到了上天的甘霖
如果有一个枝杈撑住了真美或假善
如果有一颗果实能走到秋天
一树繁花　是否就能压住心底的乌云

是否也能让她有所觉悟
这个迎风落泪　一站在高处就想纵身向下的人
如何转过那个僻静的街角
独自面对一树无法收拾的繁华或凋残

两相误

为什么不能好好相见
一列火车在暗中淡出
千里之外　他藏起一根丝弦

她总是心肝或肺腑里的一句话
是丝弦上奔走的马或弦外之音
一场雨从人民路上的梧桐下到中山路的芭蕉之上
一场雨下在江南江北　瓜田李下
有呼之欲出之美和奔波之累

可以收起眼底的苦　用身体看见单纯的快乐

可以用低处的泪接高山流水

当她也是即朽之舟　带着被擦亮的斑痕和

细枝末梢间那些甜蜜的锈迹

当她的柔肠隔着世俗的脾胃

他们衣着清爽　用词谨慎

名声和圣贤书　已误人太久

乍暖还寒

刻骨的爱不在眉眼之间

不在短衫麻裙下瘦比黄花的身子

这个守着岩浆也守着喷泉

有着黄昏综合征的惆怅妇人

她一填词吟诗　江南便落花流水了

她一软弱　命运就受到了谴责

如果没有三杯两盏淡酒将息着

如果十万往事不再鞍前马后

她如何能在梧桐上留下点点滴滴

如何将寒一点点挪向暖

如何独守一份千古悲怆仍

髻挽巫云　面若丝绸

背　叛

那些无可奈何的花开败了春天仍要在别处继续

"世界是过程的集合体。"

唯物者说：谁都处身于

联系　运动　变化和发展之中

他不由自主地走了　他要赶着春天

去别处刨坑　让剩余的种子发芽

或者　他要追赶另一场雨水

接不住的雨水　多像一个女子夜半的哭声

也将随着云朵转移或者飘逝

而她守着抛荒之地

守着欺瞒背后痛苦的坚持

她有止不住的眼泪和彻夜不眠的星星

还有唯物主义的诘问方式：

什么样的动机参与了具体的背叛

肉体在其中又有怎样主导的意义？

曲溪映峰

桃花谢了梨花也不见

流水还是太快

太快的流水被水心寨一劈为二

又跳出一条左右为难的锦鲤

无法拒绝的美景还是太多
总有几片要看到心里
群山蜂拥着也来对镜水中
倒看大片葱郁如何穿上
流水的鞋子　像要赶路

桃花谢了梨花也不见
夷望溪还是跌入了沅江
观景不语的人突然伤感
他身体的山水单纯　却心思杂乱

[随笔] 诗歌的软肋

一

一个孩子突然爱上了诗歌,几乎到了痴迷的程度。母亲节那天,他向妈妈说了一大堆话,当然,那是他为母亲作的诗。妈妈听了半天,才听清楚儿子是在向她表达感恩之情。妈妈很担心地摸着孩子的头,说:"孩子,你怎么啦?你怎么不会说啦?这说的是人话吗?"

二

在战争中,千万不能让一个诗人去承担诸如搬救兵、捎口信之类的工作。如果他的"诗性子"上来了,谁知道他会将话改成啥样。"敌军三个团来犯,城被重围,粮已断,伤亡重,速增援!"到了他的嘴里,也许会变成:"暴风雨已经来了,暴风雨正在摧毁我们的城市,三个团的蝗虫像乌云堆栈,阳光是稀世珍品,只有血淌在伤心之城,只有空空的饥肠……"我想,除非首长也是诗人,否则肯定不会有耐心听这样的军情。

三

有时觉得写诗更像是在干小人的勾当,你不能老老实实地说大白话,你得含沙射影,转弯抹角,罔顾左右,欲说还休,闪烁其词,浮光掠影;你得比啊兴啊意象啊隐喻啊。你得满嘴鸟语,你得似是而非。有多少玄就有多少味。诗歌之美有时候看上去就是不切实际的,你在那里美得一塌糊涂,也美得毫无用处。东坡先生坦巨腹于东床,只有懂事的小妾知道他有一大肚子的不合时宜。

四

"诗不仅仅是诗。"这是维特根斯坦的模式。他认为语言不仅仅是语言,从而实现了他辉煌的语言游戏。诗歌是自我内心与现实映射的一种呼应,但诗歌呈现的现实有多重性。写诗的人总想尽可能地让一首诗有多重指向,让诗意更开放。诗不仅仅是诗,这里就要求了诗歌所应包含的丰富性的质量。

丰富性——这应该也是当下评判一首诗是否为好诗的一个标准。

五

由技艺想到内容。华服不配壮汉,炫目的诗歌技法,带来的过分雕琢总不为大诗所用。新世纪的诗歌创作早已甩掉了宽大的袍袖,集体由宏大转入细微。由此引起的审美上的变化就像是转入了微雕时代。但是一定要警惕的是,不要让当代诗歌创作成为世人眼里可有可无的雕虫小技。

六

米沃什的《诗的见证》一书是这样开头的:"关于诗歌的博学论著多不胜数,并且拥有比诗歌本身更多的读者,至少在西方国家是如此。这不是好兆头,即使这是因为它们的作者出类拔萃,他们充满热忱地融汇了当今在大学里广受尊敬的各门学科。一个想与那些饱学之士竞争的诗人,将不得不假装他拥有的自知之明比诗人被允许的更多。坦白说,我一生都被某个守护神控制着,那些由他口授的诗是如何产生的,我并不太清楚。这就是为什么我讲授斯拉夫文学多年,都一直仅限于讲授文学史,而力图避免谈论诗学。"

七

诗歌往往产生于神来之笔。当有人说你的诗我看不懂时,我可以反过来笑说这个人没有神性,或者是没有灵性。我们可以借此为晦涩的诗歌开脱。当然,如果愿意,我们尽可以写一大堆连自己也说不清、道不明的诗歌。如果我们只是表达某种情绪,我们可以狡诈地辩称,那只是只可意会不可言传的心思机巧。

所以,我们也无可奈何地认可了被边缘、被排斥、被没有耐心的读者放弃的诗歌命运。

八

我得承认诗歌的局限。像大多数致力于诗歌写作的人一样,我越来越感到诗人的无用、诗歌的无为。虽然感天动地、泣鬼神的,也往往出自诗歌的力量。仿佛诗歌的功能只有煽情,最易感的人操持了写诗这个营生。"座中泣下谁最多?江州司马青衫湿。"江州司马,白居易白大诗人是也。当然,有关诗歌的实用性,也有一个流传很广的例子,是国外的一桩诗歌逸事:一个瞎乞丐,因诗人在旁附注的一句话"春天来了,可是我看不见"而赢得路人更多的零钱。但现实中的诗人实在是波德莱尔笔下的信天翁:"云霄里的王者,诗人也跟你相同,/你出没于暴风雨中,嘲笑弓手;/一被放逐到地上,陷于嘲骂声中,/巨人似的翅膀反而妨碍你行走。"

田禾

20世纪60年代出生于湖北省大冶市，中国作家协会会员，一级作家。1982年开始诗歌创作，已出版诗集《大风口》《喊故乡》《野葵花》《在回家的路上》等11部。作品入选全国200多种重要选本和6种大学语文教材。曾获第四届鲁迅文学奖、第三届华文青年诗人奖、首届徐志摩诗歌节青年诗人奖、《十月》诗歌奖、湖北文学奖、湖北省政府屈原文艺奖等30多种诗歌奖项。

喊故乡

别人唱故乡,我不会唱
我只能写,写不出来,就喊
喊我的故乡
我的故乡在江南
我对着江南喊
用心喊、用笔喊、用我的破嗓子喊
只有喊出声、喊出泪、喊出血
故乡才能听见我颤抖的声音

看见太阳,我将对着太阳喊
看见月亮,我将对着月亮喊
我想,只要喊出山脉、喊出河流
就能喊出村庄
看见了草坡、牛羊、田野和菜地
我更要大声地喊。风吹我,也喊
站在更高处喊
让那些流水、庄稼、炊烟以及爱情
都变作我永远的回声

[新作] 乡 亲

荆州古城

楚国远去,就留下这座古城
古城的历史,仿佛一尊泪水的雕像
岁月过去几千年,它就眨了一下眼睛
如今伤痕累累、残垣断壁的古城墙
像残缺的半截舌头
已经不能完全说出历史的真相
它只能抱着带血的伤口细数一个朝代
及另一个朝代的伤疤
那些早已退隐于废墟后面的国王
和臣民,他们穿过的丝绸,坐过的
马车,煮饭的铜鼎,最初的绣鞋,和
用过的残损的石磨、碾盘、陶碗、水罐
还有杀过人的刀、戈、剑、戟,埋过
人的棺材,和埋了两千年还没有
腐烂的男尸,被考古
并陈列在博物馆透亮的玻璃橱窗里

明 年

今天是今年的最后一天,明天

就是明年了。今年我比较平淡
明年可能也不会
有什么变化。明年我依旧
走在匆匆的人群中
结交一些人,送走一些人
与人打交道,占一些便宜
吃一些亏。在生活中
会遇见富翁、穷人、乞丐、疯子
富翁和疯子我都躲开
穷人我当父母,乞丐我施舍他
依旧按时回乡下去,提着一条
山路,清明节为父母上坟
在老屋小住几日,跟着捡粪的
五爷,村头村尾转转
明年我仍然居住在一条老街上
深居简出。抽空去把那颗
坏了的板牙拔掉。明年我还要
对抗胃病、心绞痛、平庸
和内心的浮躁。窗外在下雪了
我赶紧打住,再多写一笔
就给明年的白上添了一点黑

狗吠村

我回家必须经过的一个小村庄,四户人家

我可以像读家谱一样读出每家主人的名字
黄水生、朱细宝、刘金顺、陈立秋
四户人家四个姓氏，从外地迁来
家家养狗，一家养几条。我取名狗吠村
客人来了，四户人家的狗同时吠叫起来
四户主人的妻子同时探出头往门外观看
她们是：杨早枝、张翠花、王小兰、周美娟

宋　江

我来迟也。我是投奔你的第一百零九位兄弟
哥哥们都不在了
他们早已回家。杀生的杀生
打鱼的打鱼，喝酒的喝酒
照样干他们的老本行
有几个变成了梁山泊的一面旗帜
或一把交椅
我内心的山河破碎
从《水浒传》中杀开一条血路
直投奔你而来
八百里水泊梁山
火种还埋在土罐里
忠义堂只是落满了灰尘
我重新把它收拾修缮
你依然做大哥

我紧紧跟随着你
遇酒便吃,遇弱便扶,遇危便救,遇硬便打
跟着你
我不怕双脚踩在浪尖和刀锋上

桃花村

桃花村,两万亩桃花同时开放
春天的最大一次生育
桃花村的最大一次收养

刚出生,小小的桃花就会笑
一瓣一瓣地笑,一瓣一瓣地打开
桃花村的美丽

桃花一朵一朵,玲珑娇小
是苏小小那样的
桃花小小。在桃林中钻来钻去的

游人,都住到桃花里去了
十万桃花,为他们
垒起了一座辉煌的桃花宫殿

杏

喊一声杏，你走出来
唱着你爱唱的歌
走出来

杏。穷人家的女儿
长在乡村田埂上的
一棵苦苦菜
命再苦，也要开着
淡淡的美丽的小花

杏。一支歌一首诗里的杏
是母亲家中的一根衣杵
是父亲地里的一把镰刀
是村人寡淡日子中的
味
是山村里
那个叫大牛的小伙子
心里的
痛

杏。人们都说
你是山里最美的花
杏。什么时候

你开了,悄悄地开了

你就悄悄地告诉我

民工王四虎

新年刚过。城里的下水道油腻得经常

被堵塞,臭水脏物漫溢到

马路和大街上,那排平房蹚不过去

经过的人都拐着弯儿走

下水道需要紧急疏通

民工王四虎从乡下提前被招回

随他进城的还有他的两个兄弟

路面上的井盖早被人偷光了

王四虎和他的两个兄弟,直接往里钻

潜入大地腹部。臭味难闻

里面有死狗、死猫、死老鼠

臭鱼、臭袜子、烂菜叶和塑料袋

还有女人分娩的胞衣、脐带⋯⋯

王四虎和他的兄弟,一点一点往外掏

越往里进,光亮越小,越黑

不时铁锹挖着了石头

溅了一脸污水,王四虎脑袋一歪

揩在工作服上。然后低下头去

继续像机械一样挖掘

王四虎腰疼了，正想往外伸伸脖子
歇歇气，头刚抬起来
对面餐馆的黄头发妇女过来倒尿桶
把昨夜的半桶尿液
一点不剩地全倒在了他的头上

扫街的下岗女工

凌晨的冷风吹着她单薄的身体
吹刮着她的脸。在昏暗的灯光下
街道上的灰尘
她扫走了一部分，吃掉了一部分。

她是一名下岗女工。本很贫穷
但看上去富有得
像拥有一条街，因为这么长一条街
就她一个人打扫
天一亮，整条街就是别人的了。

灯

坟前一盏过七的灯，或
磷火。钉子一样　钉着
九爷的死亡

我三岁那年

在村庄的河湾里走失

是九爷的一盏油灯

照我回家

九爷突然离去

我哭了　眼泪

是我点给九爷的另一盏灯

乡　亲

这些我乡下的亲人

是我在南亩上耕种的老叔在毒日头下拉车的小哥在水乡里采莲的九妹在大清河淘米洗衣的四姐在院子里唤鸡吆鹅的大妈大婶

是我砍高粱捆稻草晒干薯挑大粪搓草绳挖地瓜锄地垦荒插秧打豆割麦扬场排灌清淤推碾拉磨放羊赶驴一边咳嗽一边哮喘一边劳动的乡亲

是我稻场上打麦稻场上睡水塘里养鱼塘边上睡菜地里种瓜菜地里睡半山坡上放羊半山坡上躺着过半人半鬼的生活的乡亲

是我住着矮矮的平房烧着低低的土灶穿着褪色的棉袄搓着坚硬的玉米挑着沉重的柴担咽着粗糙的杂粮流汗受累吃苦但从不叫穷不叫累也不叫苦的乡亲

是我一代又一代在这块土地上生在这块土地上死在这块土地上

耕耘在这块土地上收获本分得像土地善良得像土地朴实得像土地卑微得像土地的乡亲

是我生了牛犊子生了小猪娃生了小羊羔生了小马驹跟生了儿子生了孙子生了皇帝一样高兴一样喜悦一样兴奋的乡亲

是我死了头老牛死了头母猪死了头骡子死了头毛驴死了小猫小狗跟死了老爹死了老妈一样伤心一样疼痛一样悲伤的乡亲

是我男人待在家里闲着就骂男人男人离开家了又想男人时刻站在村口张望半夜里躲在床头偷偷抹眼泪时不时抱着枕头失声痛哭的乡亲

是我高兴时就疼老婆爱老婆抱老婆亲老婆烦恼时就吼老婆怨老婆骂老婆打老婆把气出在老婆身上然后又搂着老婆不断向老婆道歉的乡亲

是我大把流汗大嗓门说话大碗喝酒大块吃肉穷得痛快穷得大方穷得慷慨穷得豪爽赚不了大钱却又喜欢大把大把花钱的乡亲

乡亲啊
我江南藕荷深处的亲人

桃花源

山路弯弯,流水潺潺。还有十万桃花
一园方竹,叶薄而繁茂,构成了
桃花源。这还不够。推开一片白云
亮出一片宽阔的庭院,几间平房
一头牛,一群鸡,两只白鹅,一条

黑狗,外加一个荷锄的农夫,构成了
桃花源。这还不够。一条古老而
清幽的石径,十几座小石桥,一缕
炊烟,半亩荷塘,还有一条桃花溪
桃源风月,皎洁得一尘不染
构成了桃花源。这还不够。黄昏下
夕阳边。山语、树话、鸟叫、虫鸣
风在草尖上,让谁扶了一把
桃花种在诗里,没有流出一滴血
诗人穷成一只饥饿的空碗,坐着一辆
牛拉的破车,偏写出了《桃花源记》

随笔 亲近山水，聆听自然

　　诗人和小说家相比，相对来说，小说家喜欢安静，喜欢远离市井的喧嚣，把自己关在书斋里冥思苦想，平静地思考，平静地写作，平静地生活。而诗人就不同，诗人好动，喜欢在山水中来往穿梭，在山水间云游，让自己的心灵和灵魂得到大自然洗礼的同时，在山水中寻找诗的灵气，让山水启开诗的灵感，写灵性的山水诗。所谓山水诗，顾名思义就是指描写山水景物的诗歌。为什么历代的诗人喜欢在山水中徜徉，喜欢写山水呢？因为，山有山的巍峨，水有水的灵动。山的巍峨，水的灵动，可以养育诗人的灵性，陶冶诗人的性情，让诗人享受山水，享受大自然。另外，诗人在大自然中陶醉的同时，还可以借景抒情，不是说"一切景语皆情语"吗？诗人可以借笔下的山水自然景物尽情地抒发自己的思想感情。

　　山水诗在古代诗人的创作中占有很大的比重。这些诗歌所涉及的山水范围极广，所表露的感情真挚充沛，写实具体生动，写景状物工致传神，意境淡远闲适，情景交融，飘逸洒脱。这些诗人都饱含极其丰富的感情写山水。历代诗人几乎都有写山水诗的经历，最有代表性的应该是谢灵运、陶渊明、王维、孟浩然、李白了，因为这些诗人一生中创作最多的是山水诗，最有影响、最有特点的也是他们的山水诗。

　　新诗诞生以来，几乎每个诗人都涉猎过山水诗，我们可以把它叫作新山水诗。郭沫若、徐志摩、艾青、郭小川、贺敬之等，都写过许多优美绝伦、影响深远的山水诗。老诗人曾卓就有"水手诗人"的美誉，曾卓一生写了很多脍炙人口的山水诗，他的《老水手的歌》《悬崖边的树》

已经成为不可多得的新诗经典。还有一生只写新山水诗的诗人,比如已经作古的诗人孔孚,写了一辈子新山水诗。孔孚的山水诗写得小巧、精短、内敛,有灵性,富于哲理,意味深长。孔孚的山水诗都收集在他的《山水清音》和《山水灵音》两本诗集中。

很多人认为我是一个专门写乡村诗歌的乡土诗人,其实不完全是这样。应该说乡土是一个很大的概念,乡土中包含着山水,山水永远生长在乡土这块繁茂的母土中。陶渊明可以说是一位山水田园诗人,也可以说是一位田园乡土诗人。

这些年,我每年要到全国各地、世界各地走一走。每到一个地方,回来总要把自己走过的足迹和心灵感受记录下来,写成诗。2004年我随湖北省作家访问团到俄罗斯访问,在俄罗斯这块古老而神奇的土地上,我深深受到了俄罗斯丰富多彩、底蕴深厚的文化的感染和熏陶,受到了俄罗斯美丽山水的洗礼与激发,特别是当我来到俄罗斯最伟大的文学家列夫·托尔斯泰的墓地时,我被深深震撼了。其实,托尔斯泰的坟墓就是一个长方形的土堆,掩映在深山翠柏丛林中,没有墓碑,坟上长满了绿草,朴实而简单。奥地利作家茨威格曾称赞托尔斯泰的墓,远远超过了法国君王拿破仑的墓和德国诗人歌德的墓,他说这是"世间最美的、给人印象最深刻的、最感人的坟墓"。回来后我写了一大组有关俄罗斯的诗歌。

山水有灵,我希望我们每个人经常到山水中去走一走,用心灵去亲近山水,亲近大自然,聆听大自然,感受大自然。大自然是不会亏待我们每一个人的。

罗鹿鸣

1963年生,著有《屋顶上的红月亮》《一江诗情入洞庭》等诗集。曾在《诗刊》《人民文学》等刊物发表诗歌。获湖南省第三届金融文学奖,第八届丁玲文学奖一等奖,首届中国金融文学奖一等奖等各类奖项。

代表作 土伯特人

高原如盾牌抵挡太阳之箭抵挡雪风之九节鞭
岁月之利戟还是把它砍伤了沟沟壑壑可供考证
这自然之杀戮却催生了一群高原之子
他们同牛毛帐房一道菌开在漠野
他们是土伯特人是高原青铜之群雕

他们用糌粑用手抓用奶茶雕塑骨架
站立如大山躺倒如巨原奔驰如羽翼之马
他们将哈达从历史之死线团里拽出来
拽出来成白洁之河流过生与死
涨起诞、婚、节日之方舟

他们用锦袍用狐皮暖帽用牛皮靴子
给生活刻画线条给牧歌插上翅膀给人生打上戳印
从莽原索取野性冶炼成粗犷锻压成豪放
却将绵羊牦牛驯化成温顺之楷模给女人效尤
却不把奔马之四蹄驯化成没有脾气的木头
否则就没有女人用丛生之发辫去缠他们的肩膀

他们用火抹去生老病死之苦痛
他们请鹰隼腹葬总难结果之欲望

让灵魂在念珠的轮转中超度永远
然后把天堂在心上筑成浮屠
他们幸福的归宿便在脸上开出高原红
他们古朴善良独角兽一般纯洁
他们是土伯特人是高原青铜之群雕

新作 **从高原到故乡**

河　流

民族的脐带

与生命之初声一同延伸

一头系着生之江河源一头系着死之冰川

在白结与黑结之间拔河　拔成长长回廊

檐瓦沉重无语

牛毛绳纵横南经北纬

天穹镌着图腾水土火木金

长叩万里

鹰翅与龙蹼在眼睛的熊焰中涅槃千次

伟岸的蜗牛气喘吁吁竭尽终生的慢镜头

让一方穹庐荫庇晨昏

让糌粑手抓轮回每一个日子

果谐之流源自山南神秘之额

蓝蓝的母亲河蓝蓝的良善永不沉船

退去灰暗的背景

退去故地先祖呜咽的风管

淡去泪水汹涌的记忆

淡去牛粪火酥油灯书写的昨天

让初民的业绩矗立两岸始终可辨

让远遁的断墙残垣回首烽火狼烟

让沙金潮落咆哮的欲望

让所有的圣蹄所有的洁船朝向虔诚之殿

让犬马一生鼓吹为牛角号鼓吹为羊皮筏

让这流青青哈达绕上苦海勇泅者之肩

穿过巨原荒漠湖泊冰山

转山缠崖逶迤于岁月　朝向众海

牙峪口之间没有驿站

生风的四蹄

嗒嗒的搓板旅程

终了驻足在始发的牙峪口前

生命的百衲衣无法熨平

无须警示无须启迪无须过多的平原

坎坷之途注定要走出一个个男子汉

无须说明无须宣告无须因为所以

高原就是最最巨伟的苦痛

河流就是最最母亲的韵律

生命就是最最锐利的存在

从高原到故乡

呼吸里有花开的声音，嘴角上有饥饿的伤痕

开在唇上的两道豁口

是江河源流向东方的两道峡谷

切割之痛,日夜都在奔腾,从世界屋脊跳下
粉碎自己的昨日,然后
一路召集经验,在内地壮阔地新生
落地戳的时间:1996年,一个明朗的秋天
我在长沙的五一大道数着地砖
也抬头数一数被法国梧桐遮蔽的高原
回不去的是从前,回来的只是
今天而不是未来
烟叶染黑的黄牙,在内地的医院重新洗白
在时间的上嘴唇与下嘴唇之间
有一种银色的眩光,像美人的白皙的笑靥
没有日月山上的倒淌河,像没有倒流的时光
水往低处流,人往高处走。从高原到故乡
付出的并不昂贵的车票
一张是青年,一张是中年

青蛙进城

深夜,几声蛙鸣
跳到城市中心
像一把锋利的镰刀
割倒一片夜的沉静
它是跟着打工的侄儿进城
一时失散了亲人
不知所措地呼喊

满腔的方言

城市听不懂

汽车张狂地跑来跑去

没有正眼看一下土包子

它的同伴

有些成为酒宴的上宾

有些在公园里处优养尊

更多的伙伴

还是奔波在风雨之城

高楼下的弱势群体

在别人的窗下

无处容身

老乡见老乡

你将故乡佩在身上

遇见陌生人总要拿出来亮相

遇见老乡,总要比一比成色

哈哈,你的乡音变作修正主义啦

呵呵,你也异化方言成南腔北调啦

五十步笑百步,于是

酒杯叮当响

两眼泪汪汪

直到故乡也醉眼蒙眬

直到,分手时的一握再握

故乡的余温

温暖了好长的

好长好长的

一

段

路

石头里藏着一片蓝天

天空里布满有形资产

石头里藏着一片蓝天

抹布里拧出生活

一滴一滴都是，苦辣酸甜

诗是孤独的花朵

诗人不是猎人，行走在狼群间

作品不一定是常青树

火把也只能照亮

巴掌大小的一块天空

有人带着村庄上路

我却发现

回不去的是故乡

阴　云

铁青着脸

皱纹蒙面

站在每一个民族的阴台

作野猫怀春的啼号

左手扼住白鸽子的喉咙

右手扼住黑秃鹰的脖子

发竖成草　让

蛇蝎学做狼嚎　让

狼的鬼眼　绿绿地

在青稞酒里醉倒

一只鸟

不只是钟爱一棵树

鹏程万里的青鸟歌喉憔悴

归程仅有一箭之地

每一道弧都以此为向心

每一条路都从此起航

每一根根须都与此联姻

每一只长鳍都与此兄弟

每一片羽毛都是此身的垢渍

雄踞于宇宙之上

独专注于欣赏

人类向天堂的跪行
一挂厚重的门帘
隔着脚踩踏互伤的灵魂
无力拧断蛇信子般的闪电
徒然仰向黑袈裟上
舒卷的万古谶言

闪电何处为家

喜马拉雅山岗
天蓝云白

风吹着雪,雪卷着风
心灵呈现纯洁

在人迹罕至的世界屋脊
孤独,是因为太过真实

把真诚交给别人
回收的往往是一块石头

风雨雷鸣之后
闪电何处为家

常德之夜

灯,被一间间房子捻灭

次第凋落之声

竟不如四月的桃花来得强烈

夜的潮水涨上来

漫过了酒店的顶层

梦,开始叩开一扇扇门

在房里飞来飞去

有的梦,撞在墙上折了翅膀

蜷在床上忧伤

有的梦,趴在地上

作腾空一跃的式样

有的梦,钻出了窗子

头也不回

值得留恋的

不是站过的地方

柳叶湖有一盏渔火

做了梦的睫毛

波浪翻卷,是梦的双唇

吐露的是美和内心的秘密

随笔 文学抚慰孤独的灵魂

文学让我懂得感激和感恩,并且时时让我感动。

假若世界没有文学来抚慰我们孤独的灵魂,人类将在卑琐和暴力中窒息而死。假若丧失了崇高和悲悯的理想,文学将会苍白、空洞和令人厌恶。

文学的理想就是要打通我们通向心灵深处与未来历史的无限空间,使我们得以自由地呼吸,拥有大地和天空。

文学不是少数人所独有的爱好,文学是许多人都喜好的。它是一种个人追求,是对人生的体认和感悟,并将这种体认和感悟以及对生命的追问,以文学的方式表达出来。它既不为钱,又不为名,只是一种兴趣和爱好,就像有些人爱好打球、爬山或别的什么一样。文学没有功利性,却令人感到快乐。

一只蟋蟀低吟于一座日益破落的园子,声音渺小而凄切,但那种叫破喉咙仍不竭地呐喊的精神,不正是诗人们在当今社会坚忍不拔的精神吗?

无须苛求狮吼雷鸣。在紧张的工作之余,来到那片晴朗明净的园子里爬格子舒筋活血,岂不自得其乐。如果能培育出几朵硕大的芳蕊,结几粒甜蜜的果子,给这个世界奉献一点甜美,抑或对路人有所启迪、警悟,那更是求之不得的可心事。对于诗,我想说的太多,却又常常感到无话可说。我曾决意为诗献身。我为她恸哭,为她嚎叫,为她狂笑,为她挥拳,也为她敬奉一炷心香。

然而,诗之外的东西总比诗强大,它校正了我的痴迷癫狂,诗便蜷缩到我心的那方正被蚕食的净土，成了快乐与痛苦混合而成的配方。

诗是文字建造的画，无拘无束，思想与才情自由驰骋；诗的创作更多一份创造，也更多一份脑力劳动之累；写诗是心累而身不累，是苦乐兼备殚精竭虑的活。"美丽的方块字，垒一座故乡的青山"，这就是我的诗画。

摄影是光线描绘的诗，赏心悦目，直观可感；摄影的创作更多一份纪实，也更多一份视觉的美感与愉悦；摄影是身累而心不累，是苦乐兼备但乐大于苦的活。但身体之苦恰恰也带来了锻炼身体的功效。摄影可以不着一字，尽显风流。但可以取一个诗意的名字，锦上添花，画龙点睛。我仍是个跌坐在文学殿堂门外的毛孩子。那种张头探脑的恐慌与茫然，伴随着我的一个又一个黄昏。

我至今仍没能写出一首像样的、有影响的诗来，没有收获诗的金果。对此，我常常有些不安。当然，不管前方的路通向何处，不管是否有九色鹿出现，我既然踏上了诗歌之路，便会无怨无悔地继续走下去。

龚道国

1968年12月生于湖南澧县。著有诗集《红枫飘过》《情理至上》《音乐茶座》，散文集《穿过大雾》等。从事过企业战略策划、品牌市场运筹，主编过《传递价值》等品牌读物。曾获丁玲文学奖、"王勃杯"全国青年文学大赛诗歌一等奖、第四届海内外华语创作散文一等奖、中国青年五四奖章等。

代表作 祖国，我看见你

我从一粒粮食看见你饱满的身体
将辽阔穿戴得多么厚实
我从一颗露珠看见你幸福的光泽
用草木拉着山川快乐地奔跑
我从一朵鲜花看见你绽放的温暖
用大爱之心挥写万物的容颜

祖国，我看见你。我从一粒尘土
看见你低头的挖掘。看见你从贫穷
与苦难的板结地，挖开一道闪电
我看见你挖掘，沉浸在事物的里层
挖开破釜与禁锢的对峙，一切疾病
深藏的根源，用灰烬捂紧大地之疼
我从山峦与脊背的起伏之间
天地开合之间看见你。挖出善与恶
是与非的界线，悲与欢的空隙

我从一滴水的光芒溯流而上
湘江，长江，喜马拉雅，乘你日渐
升起的高度眺望。看见你用破冰的河流
打开岁月奔腾的舞蹈，在大地崩裂的

第一时间,闪烁着明亮的从容
看见鸟巢引凤如大海归潮,神舟放飞
比流云更轻。我看见你的看见:
长颈鹿,眼睛之森林,惊悚与停顿

祖国,我看见你。我最后从一个
汉字,那泰山之石垒起的方块
看见你与世界的交谈。我看见一群
汉字,拥抱一群鸽子,无比亲密

新作 枣树记

我决计种下一棵枣树

父亲走后,我忽然想起散步的父亲
在邻居的一棵枣树下,停住脚步

慈祥的眼神看着树皮上发亮的雨迹
缓慢移过枝丫,一束翠绿闪动。在叶子
辩证的两面,唯物主义的鲜光绽放
心情则躲进枣核里面
迎着安静的秋风,品味满树繁星
一只手扣在背后,像一个幸福的人
琢磨幸福的每一个细节。手里的空杯
空寂一片,余留的酒香,也空出一杯杯晨光

父亲走后,我决计种下一棵枣树
怀想父亲在枣树下歇脚,在一颗青枣
和一只酒杯的时光里停顿
抱着朗朗身影,拥着款款宁静

一棵枣树爱不爱春天

每天回来,看一棵枣树的低调和沉稳

春风吹过好几回了,银褐的枝干
仍是一脸素净。话芽儿关在身体内部
不肯轻易说出来。多彩的想法
锁在空寂的骨骼里,不肯露出半点声迹
此时大地正在忙于表达
百草随风挤眼,万木摧眉叫春

而一棵枣树站在大地深处,深居内心
像一个旁若无物的饮者,独自小酌
一杯春风入口,一杯春雨过喉,又一杯
斜阳下肚,手臂上凸现条条青筋
缀满一群小巧的嘴子,咬紧饱满的沉默
也像一个大器晚成的书人,在空气的纸上
横竖撇捺,锋钝折转,笔健而墨沉
从一个软不拉耷的世界,挥出行楷的身影

抽出芽来已至四月。春风不再吹了
终是春风吹出的葱茏熄灭了春风
一棵枣树抖了抖风尘,开始浑身说话
每一束绿芽都是一个爆开的词语
鲜亮精致,极为讲究,语气镇定坚韧
久蕴的思绪,迅速在身体里奔腾
在枝叶间传递,一树美文几乎一气呵成

谁说一棵枣树不爱春天呢?在一个

爱被泛滥的世间,爱更需要时光的行程
需要缓慢地打磨,以及内在的沉淀
需要煎熬出一些钙质,发酵出一些盐性
消化整个春天的养分,获得新生

漫天枣花如梦欲飞

在一个清朗的早晨,枣树开花了
我所知道的是,在一棵无花的枣树
和一棵开花的枣树之间,躺着一个夜晚
存在一次穿越,或者一次蜕变

我所知道的是,许多人观望过一棵枣树
包括我的母亲、妻子、孩子和我
时不时去枣树下观望,有意无意等着花开
抱着希望的观望就像怀揣想象的花蕾
让幸福的影子在身体出入,在脑海里绽放
每一次如同真实,每一次别具绚丽

我所知道的是,现在枣树真的开花了
从叶子们小巧的舌头下,喷涌而出
这些发黄的米粒,鲜亮的杏眼,温暖的词
歇在早晨清朗的眉梢上,如梦欲飞
真的开花了,一树碎金粉饰一树沉静
就像永恒的奢华出自朴素的内心

我所知道的是,幸福往往是偶然的
幸福只是生活意料的一种印证
在一个清朗的早晨,漫天枣花如梦欲飞
观望的人们投上心满意足的一瞥
意味深长却就此打住,各忙各的去了

雨中枣树一片光亮

雨追赶雨,纷至沓来,像赶一场集市
将瞬间暗下的天色,这沉向大地的忧郁
一块块掰开,捣碎,又一片片拾起

整个上午。苍天用它苍凉的眼泪
毫无休止地射击,穿梭,清洗
用密度清洗忧郁,用速度清洗苍茫
用更大的力度,透明度,从灵魂纠结处
清洗封闭已久的气息。洗去枣叶上
尘沙梦游的种种迹象。洗去猛烈的温度
对大地的烫伤。洗去汗盐在体肤的痒
焦灼在内心的疼。洗出漫天光亮

是的,我看见了光。脑海里涌出父亲
龚光生的名字。看见光在其中闪烁

看见一个影子在光中飘动着思念
矮小的影子,黝黑的影子,在枣树下
打着温暖的手势。看见鸟舌一样的叶子
在光中噙着鲜亮的果实。恍惚中
有众手纷纭幻出,伸进事物隐秘的里层
拆除封闭的门道,打开庄周的路径
掏出一个无穷的词:光之根

雨追赶到最后,是一种消失。天色消失
灰暗。雨消失颗粒。人们厮磨的耳鬓
消失唠叨的鼓。一棵敏锐的枣树
从闪光如针的叶尖上,消失倾诉的琴

最好的圆是椭圆

我一直认为,世间最好的圆是椭圆
正如一颗成熟的枣子滚落在地
无须牵挂,不过试跳一下自由的姿势
摇滚而去,拖着一只蝴蝶的影子

它大致是圆的,体态修炼得光滑无棱
用一曲独自的圆舞,在麦冬草坪上
顺势转动命运,继续一段轻松的行程

它的圆是一种椭圆,立体而饱满

灵动显于两端,性格缘自腰身

内心居在骨子里。骨子之尖,椭圆的

两个焦点,锁定一条坚实的轴线

落地不会走得太远,很快找到停顿之处

回首高高在上的同类,可以气定神闲

多好的椭圆。一只蚂蚁在一颗枣子上

开始椭圆之旅。探蜜路上,踩出果香

我敏捷的妻子,手握鸡蛋,切下韭菜

像一名生活的侦探,也用一碟椭圆的味道

重温朴素简单的真谛。读高中的孩子

掩上课本开始想象,笔下出现行星的轨迹

一滴沅水

十七年如同一滴沅水,转眼便蒸发掉了

我将漫长的经历留在善卷的故乡

这里有人间的好烟囱,像灵动的水墨

飘在桃花源上空,泼在常德的旷野

这里有能工巧匠的好歌吟,有机器们

不舍昼夜的好琴弦,湘妃一曲芙蓉花开

潋滟柳叶之湖,掠碎花溪之水

让王者的梦想从一部楚辞里横空飞出

十七年我生活在一滴沅水里，充满光泽
我在工厂里行走，在市场上奔走
明亮的汗水是一滴沅水。我写下成长的文字
写出众人划桨的手势，写出一个品牌
传递价值的声音，一个工厂点亮世界的灵魂

笔管里激荡的，是一滴沅水。我吃惯
名扬四海的常德米粉，洞庭鱼，金健米
让火锅的热情倾注身心，血管里奔放的
是一滴沅水。我把父亲安放在万金山上
让他迎着沅澧的日出，长梦于芷兰之间
沧桑的，伤逝的泪水，是一滴沅水

十七年过去。一滴沅水落下，穿过石头
一滴沅水坐在草尖上歇息，心是绿的
一滴沅水也会被一叶飞翔的翅膀，匆匆掠过
跨上升腾的天穹，演绎一道彩虹
当岁月转过身影，我坐在清凉的静谧中
将一滴沅水捧在内心，放大一河梦境

[随笔] 诗这种文字

我一直断断续续写些文字。当然,世间的文字是写不完的。文字只是一种痕迹。是印象的痕迹,也是想象的痕迹。世间有多少事物存在,有多少时空变化,就会有多少痕迹留下,也会有多少文字排着队列,等候表达。其中一些抵达心灵、纠结牵肠的文字,一些需要不断打磨、不断雕刻的文字,应该就是诗了。

诗歌为我洗去倦怠,洗出清新,甚至让我能够置身于变故迁徙的境遇安然神定,找回平心静气的自己。我时常想,有谁不经历困惑与矛盾呢,有谁不面对飞舞的尘埃呢?喜欢拿锤子的人,眼睛看见更多的钉子。满怀春心的人,发现四时都有花开。昼夜轮替,有人视之为黑白分明,其间有不言之大美,有人则指之为黑白颠倒,其间有不耻之丑陋。是实事,是变化,也是心态。但欣慰世间有诗这种文字。诗提供沉静的方式,提供思索的道具,让人从事物的多面找到阳光的因子,从事物的纵深找到宽广的力量与博爱的精神。爱自己,也爱他人,爱事物之中总可以找到的可爱之处。面对大海知道它只是一杯水,无论浪奔潮涌,它只是一杯水的扩展和延伸。见到一只蚂蚁时想着不要踩了它,它在出行或者回家的路上,也有任务或者被期待,同样需要安全、幸福和自由。爱向着阳光,诗则驱动你换位思考。爱化解纠结,诗则是一个奇妙有益的载体。奇妙之处在于让人可以脱离必要的尘俗,将身外之物与内心之爱分辨得清楚,搭建自己心灵的家园,获得清新、自由、澄明的生活。

所以我想,诗这种文字是一种体验文字。诗歌需要置于诗歌之外的体验,诗外的体验又须落定内心有所根植,并回到诗歌本身,是一个主观见之于客观的心灵转换过程。这样的过程让人沉浸于苦与乐的感受,辗转于情与理的思索,经历内心的沉淀与过滤。依据这样的认识,诗歌还应是一杯上好的清茶,是清和洗心、宁静致远的。不必指望它带来物质上的收获,它只是一个隐居在时光之中的精神使者。它最大的好处是将我的时光还给我,让我能够在品味与沉思中,将消费时光的事情做得谨慎和精细,从而将世间有限的人生变得相对久长。依据这样的认识,我意识到诗歌是一生一世的事情,意识到诗歌不一定是一种工作,但一定是一种生活,意识到生命中需要诗这种文字,就像生活中对某种食品持有特定的嗜好,让你产生一种天然的自觉感,一种原动的使命感。

　　时光在我们身边漫舞。要是没有诗,没有诗这样一杯好茶,时光常常会从身边溜走,毫无知觉。但是一首诗却将时光缓慢分解,散进身心,让时光穿越生命的过程变得细致和从容。每当一截时光有所见底,隐居其中的诗歌也就呈现出来。我与它一见如故,如同见到自己不断醒来的灵魂。

刘双红

湖南省石门县人,1960年6月出生。在《诗刊》《人民文学》等刊物发表过诗歌、散文。出版诗集《舞蹈的阳光》《或者今天》《旧稻草》《三年记》四部,散文集《五个人的天堂》(合集)一部。曾获中国当代散文奖、丁玲文学奖。

代表作 聆听雨滴的声音

一个老人侧着耳朵
他听到雨点从麦子上滴下
一滴一滴
像他小儿子的心跳

一个少女侧着耳朵
她听到雨点从油纸伞上滴下
一滴一滴
像远方的人在说话

一个儿童侧着耳朵
他听到雨点从草堆上滴下
一滴一滴
像捉迷藏时同伴的脚步

我侧着耳朵
我听到雨点从屋檐上滴下来
一滴一滴
像村庄的呼吸

我曾经爱过你们

想起刘家坪

想起刘家坪　就想起那个旧堂屋

想起旧堂屋　就想起旧堂屋上的神龛

想起神龛　就想起香案上燃烧的蜡烛

想起蜡烛　就想起一点点往事

一点点往事　像瓢虫走过我的心尖

像一只摔碎的蓝花碗

划破我的手指

像一间破房子撒下的　一地瓦片

回　音

我曾在一座山上叫你

另一座山上马上就有回音　如果

我在两座山上同时叫你

其他的山上也会有回音　那么

我在所有的山上叫你

啊　多么善良的天空

它会吞吃了我嘶哑的喉咙

大风在刮

我甚至怀疑　风吹在其他的窗棂上
是不是也这样响
为什么我总会面对有一个人在笑的窗户
并且还听到了自己叹息的声音

高大的烟囱好像乌云扬起的鞭杆
黑色的烟尘是粗长的鞭子
驱赶着风
抽打着我的异乡

母亲从老木箱里取下了棉衣
树叶与树叶连手　大门追赶着大门
我回到家乡的村头
所有的道路已睁圆了眼睛

我倒要看看
操纵者怎样收拾残局
但我怎么也找不到这个窗棂

如果我是幸运的……

如果我是幸运的　我的亲人
就把我埋进喜鹊的嘴

让它唱出来

埋进一头耕牛的胃

让它变成犁田的力量

山塘收走阳光最后的鞭子

炊烟弯进想也想不起来的记忆

如果我是幸运的　我的亲人

就让晨曦走进公鸡的嘴唇

说出早晨的清新

我无法不记住这个幸福的日子

仰望天空的人

走不出褪色的红灯笼

如果我是幸运的

我就是那件丢弃的蓑衣

腐烂在泥土中

我曾经爱过你们

这些青苔　枯枝　瓦罐　稻草人　羽毛

这些与我一样命运的我的家人

低贱的我　那么执着地爱着你们

我疯狂的爱开成了遍野的野菊

一堆被黄土掩埋的余烬慢慢地燃烧在地底

烧醒了那些没有了记忆的小路

我常常在梦里被灼哭
一只鸡的打鸣告知了我对远方的依存

这些青苔　枯枝　瓦罐　稻草人　羽毛
你们就是我身体上的庄稼
在冬季到来之前　我把秋天做成肥料
让爱过的许多苦难喂养襁褓中的雪花
颗粒饱满的泪珠在风中枝丫摇曳
我用祖传的方式
在寒露的早晨　将自己燃成一个小小的火把
衣锦还乡

窗外的鸟鸣

翅膀镶着金边　翅膀紧裹着小小的心脏
风吹动它的羽毛
如同衣着单薄的
乞讨的孩子
把家安在窗外的树上
层层雾霭比寒风还凉
它鸣叫　它藏在自己的喉咙里鸣叫

每天　在它的鸣叫声里
我醒来或者睡去
婉转　悠扬　动人　华美的嗓音

来自风来自雨来自霜雪不舍的陪伴

我甚至忘记给它一粒米一盏水

忘记打开窗户看一眼

忘记它翅膀镶着金边　翅膀紧裹着小小的心脏

直至忘记这个衣着单薄

乞讨的孩子还在窗外鸣叫

就像炉火里一块被冷却的铁

等　待

我喜欢这只乌鸦

尽管在小的时候

它一出现

奶奶便会搂紧我的身体

它一叫唤

妈妈便会捂住我的耳朵

但是现在我喜欢它——

不露声色的快捷

无可比拟的干净

单刀直入的凶猛

它是我唯一的黑夜

一种恰如其分的恐怖

我在隐藏的队伍里

我在这支队伍内
一支没有声音
没有影子的队伍
他们比蚂蚁的脚步还轻
他们比蛇的速度还快
两个窈窕的女人
在窃语
这支庞大的队伍
被巨大的樟树掩护
他们行进
我是这支队伍的纸钱
一只甲壳虫
听到旗帜被风吹起
在不存在的大道上
两个女人　一只甲壳虫
还有参天的樟树
都存在于
队伍的声音
和影子中

在草堂刘禹锡和陶渊明对饮

现在　在草堂中央
刘禹锡和陶渊明
就一壶擂茶　对饮
他们席地而坐
蒲团弃于一旁
他们身着唐装和晋服
他们盯着彼此的长髯

相隔数百年的呼吸
揉成一团
陶公想起已经谢花的桃树
不再提那个武陵渔人
司马开始把玩残破的笔架
壁虎爬在墙上的青龙剑上
一支唐代的秃笔孑然自卧
发黄的生宣沉默无语

在草堂中央
茶壶的煮沸声
掩饰着陶公的沮丧
和司马的愤懑
他们看斜阳停留于石碑

飞燕驻足在堂檐
一只丝毛狗拥坐书桌

我偏于一隅　和
两个各怀心事的老者
看着黄莺儿绝尘而去

随笔 不合时宜的生活

　　俄罗斯诗人英娜·丽斯年斯卡娅在一次接受记者采访的时候,一再强调"我总是不合时宜"。在这之前,她出版了自己的大型诗集《孤独的馈赠》。结合起来看这两个事件,应该不是巧合,这种强调应该是诗人对《孤独的馈赠》这部著作出版初衷的注脚和对其主旨的诠释。作为与当时的社会格格不入的杰出女诗人,孤独无时无刻不在伴随着她,无奈之下发出"我总是不合时宜"的感叹,自在情理之中。

　　由此我想到自己,我也常常感到我自己的不合时宜。

　　命中注定我就是一个爱诗的苦人。所以,命中注定我就会困顿于孤独和不合时宜之中。因为写诗,我面对过许多嘲弄和讥讽的言辞;因为写诗,我忍受过许多质疑和轻视的目光;因为写诗,有时甚至还蒙受过一些无端的侮辱和打击。每每这个时候,我感到无奈和苦闷,随之而来的就是孤独和不合时宜。有时候我想,写诗让人落入如此不堪的境地,孤独和不合时宜,遭人白眼和不屑,干脆不写也罢。

　　不写,其实是一种不错的选择。社会不会因为失去一个写诗的人而缺少什么,大家会因为回来了一个正常的朋友而高兴。自己就不会孤独,更没有不合时宜的惶恐。

　　但我又实在放不下。我早已过惯了"不合时宜"的生活,试图为我的孤独和不合时宜寻找家园,试图把我的孤独和不合时宜安放在那美丽的家园之中。我想到了母亲,想到了故乡。我开始用我卑微的笔书写对小小故土的依恋之痛,用我卑微的笔歌颂父老乡亲的卑微生命。我常常紧紧地靠在母亲的心口,时时倾听故乡对我的呵斥和叮咛,我感到无比的幸福和喜悦。

可见我仍喜欢诗歌。诗歌是我最至诚的亲人、我最可信赖的朋友,亦是我最安全的避风港。对我来说,诗歌可以遮风挡雨,可以充饥止渴,可以驱寒消暑,可以包治百病。所以我义无反顾地喜欢它,锲而不舍地接近它的灵魂,力图让我的心血渗入它的肌体,让它成为我心中祥和、温暖、至高无上的精神王国。

这应该就是一个诗人因孤独和不合时宜而必然的选择吧。如果是,那我就可得出这样的结论:一个写诗的人,如果感到了自己的孤独和不合时宜,那就请赶紧回到自己的故乡。只要和故乡血肉相连、经脉相通,把自己生命的根牢牢地扎进故乡的土地,让自己灵魂的家永远安在故乡的本源,那么,他就可以有享受不尽的天伦之乐,获得意想不到的巨大财富。

从表面上看,我是孤独的,而且不合时宜;其实我是幸运的、快乐的,因为我已经完全融入了我的故乡,就像英娜·丽斯年斯卡娅所说的一样:我,热爱我自己的生活……

青春再回眸，桃源结诗情

——常德·诗刊社第三届"青春回眸"诗会侧记

黄尚恩　唐　力

诗人与常德的约会

"沅水桃花色，湘流杜若香。"提起湖南常德，首先让人想到世界最长的诗、书、画、刻艺术墙——获"吉尼斯"之最的常德诗墙。常德是东晋诗人陶渊明描述的风景幽寂、林壑优美的世外桃源，历代著名诗人孟浩然、王昌龄、王维、李白、杜牧、刘禹锡、韩愈、陆游、苏轼等曾留下许多脍炙人口的歌咏和珍贵的墨迹。这是一个有着深厚的诗歌文化积淀的城市。2012年6月11日，来自全国各地参加"青春回眸"诗会和第六届"常德诗人节"的诗人们，汇聚在常德，共同追寻那诗与美的梦境，去谱写文化的乐章。

6月11日晚，第六届"中国·常德诗人节"在歌舞《孔子曰》优美的吟诵音乐中拉开序幕。本届诗歌节由中华诗词学会、《诗刊》社和中共常德市委、常德市人民政府共同主办。中国作家协会副主席、《诗刊》主编高洪波，中华诗词学会会长郑伯农，中华诗词学会常务副会长李文朝少将，常德市委书记卿渐伟等出席了本次盛会。

开幕式上，歌唱、朗诵、舞蹈、丝弦等节目倾情上演。从常德丝弦《常德德山山有德》的柔美动听，到现代劲舞《刘海砍樵》的动感十足，再到名家诗朗诵《赞美你，常德》的声情并茂，以及大型歌舞《德行天下》的载歌载舞……常德这座沅水岸边千年古城的人文风情被人们以诗的语言、歌的韵律、舞的节拍，呈献为一场精美的文化视听盛宴。

6月12日—13日，《诗刊》社第三届"青春回眸"诗会在沅水之滨、澧水之畔举行。本届诗会由《诗刊》主编高洪波带队，《诗刊》副主编商震、冯秋子，编辑部杨志学、谢建平、蓝野、唐力、赵四，以及《诗刊》编审、老诗人周所同参加了诗会活动。

应邀出席本届"青春回眸"诗会的十一位诗人是：韩作荣、刘立云、傅天琳、马新朝、娜夜、杨晓民、田禾、荣荣、罗鹿鸣、龚道国、刘双红。他们都在诗歌艺术的道路上长期不懈追求，取得了令人瞩目的成绩。

与此同时，雷平阳、燎原、李南、程一身、尤克利等诗人参加了第六届"常德诗人节"的活动。

东晋诗人陶渊明在《桃花源诗并序》中将桃花源描绘成"芳草鲜美、落英缤纷"的世外乐土，在那里，人民安居乐业，幸福而诗意地生活着；而在21世纪的今天，在这社会祥和、经济发展的盛世，诗人们再次因诗歌而汇聚在一起，这是诗意的旅程，是心灵与心灵的交融。诗人们以行动和诗歌，诠释着人如何"在大地上诗意地栖居"。这是今天的诗人向伟大先贤的致敬，是诗人与常德的一场心灵的约会。

时代需要怎样的诗歌与诗人

诗刊社第三届"青春回眸"诗会暨第六届"中国·常德诗人节"诗歌高峰论坛在2012年6月12日举行。来自全国各地的数十名诗人齐聚一堂，共商诗歌发展大业。

中国作家协会副主席、《诗刊》主编高洪波说，"青春回眸"诗会是《诗刊》社于2010年打造的、与"青春诗会"相对应的一项诗歌品牌活动。诗会邀请在诗歌道路上多年跋涉的诗人们共同怀念青春岁月的诗歌理想,探讨当下诗歌发展的新可能。本次论坛有九位鲁迅文学奖获奖诗人与会,其中有多位是曾经参加过"青春诗会"的,他们与当地的诗人们进行了交流互动。

一、诗歌创作应该不断追求创新

"就当下的诗歌创作,你有什么样的看法?"《诗刊》副主编商震抛出了本届"青春回眸"诗会研讨的主题。没有事先通气、没有安排例行的发言稿,与会诗人就当前诗歌创作的状况各抒己见,碰撞出绚烂多彩的思想火花。与会者认为,中国新诗目前处于一种比较好的状态,老中青三代诗人齐力创作,各种刊物异彩纷呈,优秀的诗作不断涌现。但是当前的诗坛也存在一些值得我们深入思考的问题,比如诗歌如何创新、如何反映时代变迁等。

在韩作荣看来,大家在评价当前的诗歌创作时,存在着一个不很实际的期待,就是总希望诗人们写出来的每一首诗都是优秀的、能够流传千古的。但实际上,在任何一个时代,真正好的诗歌是非常少的,哪怕是诗歌鼎盛的唐朝,真正达到家喻户晓的也就几十首。在诗歌创作上,想要创新是非常不容易的。一个诗人一辈子能够留下来几句话就很不错了。很多诗人不过是写手和"过客",而真正的写作天才,像屈原、李白、杜甫这样的人物,几百年只能出一个。换句话说,我们都只不过是普及文化的人,而不是创造文化的人。伟大的创作要期待天才和大师的出现。然而,困难归困难,也要敢于迎难而上。诗人要有自信,要敢于不断地否定自己,努力着去写新的东西。

刘立云说,现在很多诗歌读起来有似曾相识的感觉,这是因为大家在相互模仿、彼此重复,甚至是诗人的自我重复。有些诗人长期以来按照一种方式写作,一条道走到黑,没有任何创新,回避真正有难度的诗歌写作。这个时代发生了翻天覆地的变化,尤其是在城镇化的过程中，人们的物质丰富了，精神却空虚了。人们的内心到底面临着什么样的困境？诗人应当给予关注。诗歌创作要创新，就必须直面这个时代的变迁，去揭示人们在这个过程中的内心隐秘。因此，创新不仅仅涉及诗歌形式的问题，还涉及诗歌精神的问题。只有真正反映出这个时代和社会的本质，我们的诗歌才能重新焕发出真正的光彩。

荣荣注意到诗歌创作中的重复问题。她说，就是大家一味往精致上写，用无可挑剔的语言写小情趣，但缺乏力度和新鲜感。她认为诗人要保持自己的独特性，就需要不断地超越自己之前的写作，否则终会被淘汰。田禾则认为，诗歌创作有生命才有温度，有生活才有厚度，有思想才有深度，有灵魂才有高度，有语言才有力度，创新是一个整体性的"工程"。马新朝表示，新诗自创立以来，注重"破"而忽略"立"，把传统诗歌中很多优秀的东西丢掉了。因此，创新的方向之一，应该是关注在语言上恢复汉语的美感。

二、这个时代需要杜甫式的诗人

多年来，雷平阳一直在城市和农村之间游走，对他所眷恋的云南乡村进行田野调查，写出了诗集《云南记》。雷平阳说，他所描写的那片乡村带给他许多的震撼。那里有极为神性的东西存在，比如捕捉到一只猎物，人们会向上苍祷告致谢；但也有无边的欲望在摧残着他们的心灵，一些影响恶劣的案件时有发生。这两者的交叉，让诗歌的写作变得非常困难。是该如实地记录，还是加以歌颂或批评，都是问题。"在这个年代，我们不要李白了，我们应该要杜甫，需要大量的杜甫存在。"杜甫式的诗人应该通过自己的写作，把这个时代所发生的一切有效地记录下来，而不仅只关注自己的内心。特别是面对这个时代中一些不合理的东西，诗人要敢于站出来说话，哪怕你的行为本身没有直接的效果，也要站出来。诗人总是要保持一种批判的精神。诗歌在具体的现实面前是无力的,但正是这种"明知不可为而为之"的坚持显示了诗人和诗歌的可贵。

当代新诗是在西方现代主义诗歌的影响下发展起来的,许多现代主义大师的诗作曾为我们提供了行之有效的创作手法。可是面对今日中国社会发生的巨大变化,如何让新诗真正具有来自中国的现实感,仅仅模仿西方是绝对不行的,还必须将写作的视野集中在中国这片土地上,寻求一些能契合社会现实的表现手法。娜夜认为,这些年我们一直在呼唤诗歌要介入现实生活,但是却很少有诗人能够将现实的"魂"表达得很好。有些诗歌,为"介入现实"而"介入现实",变得跟新闻报道一样。诗歌介入现实应有它的独特性:它总是跟现实隔着一层,但又能抵达现实的本质。诗人往往是在写自己熟悉的内容时,更容易做到这一点。傅天琳对此深表认同,她说自己是一个容易"感动"的人,她所写的往往是她内心受到触动的东西。无论写作的题材大还是小,傅天琳都乐于去表达,"碰到社会性的大问题,我写出来的诗歌就具有时代感;碰到一朵花一棵小草,我就写出小的情趣。我碰到什么样的东西,写出来的就是它本来的那个样子"。

不愧侪辈追先贤

常德是一个打造诗歌文化的城市,全国性的诗人节已成功举办了六届,正如主编高洪波在受访中说,"以诗教人,以文化人"的德文化建设,对常德文化名城的建设、常德民俗文化的保护和培养常德人民的道德意识具有现实的、积极的意义。这主要表现为:一是常德诗墙的地标性建筑的扩散效应,二是从常德走出去的未央、昌耀等地域性诗人的示范效应,三是地理性名胜的感化效应,四是地方政府的推动效应。有这样的文化自觉,确实很难得。

　　高峰论坛结束后,诗会进入采风环节。参加"青春回眸"诗会的诗人们和参加诗人节的诗人们一道,于6月12日下午参观了气势恢宏的"中国常德诗墙",以及烟波荡漾的柳叶湖。13日上午,在桃花缤纷、芳草鲜美、溪流潺潺的桃源仙境,诗人们穿过山道蜿蜒的秦人古道,来到桑竹垂荫的秦人居,喝擂茶,聊诗歌,情感与山水相融,心灵与自然交汇,不亦乐乎。下午,一部分诗人相约去诗人昌耀的墓前祭拜,另一部分诗人则带着美好的心情踏上归程。

　　应邀参加"青春回眸"诗会的诗人,向读者们奉献了他们的新作,展现了他们的诗歌艺术追求。这是他们生活经验的诗意呈现:或以酣畅淋漓的笔墨对现实加以解剖,或在沉静中展现不凡的气度,进行形而上的思考,抒写本真的情怀。风格各异,精彩纷呈。

　　"洞庭水温,沅江水长。"时间在飞逝。常德归来,不觉月余,诗人们纷纷写下优美的诗章,怀念常德的山水与景致、人情与风物,韩作荣写下《在桃花源怀念昌耀》,傅天琳写下《等你》,周所同写下《致常德》,马新朝写下《白鹭,白鹭》,等等,而高洪波主编在诗会期间,即兴挥毫写下了一首《赠常德》:"擂茶入口情思起,丝弦品罢兴犹酣。一市有德重诗教,不愧侪辈追先贤。"它既是对这座"诗词之市"的嘉许,也是这次活动的生动写照,同时也表达了众多诗人的精神追求。

2013

青春回眸诗会

舒 婷

原名龚佩瑜，1952年出生，祖籍福建泉州。

1979年开始发表诗歌作品。曾参加《诗刊》社第一届"青春诗会"，1980年到福建省文联工作，从事专业写作。著有诗集《双桅船》《会唱歌的鸢尾花》《始祖鸟》，散文集《心烟》《秋天的情绪》《硬骨凌霄》《露珠里的"诗想"》《真水无香》，以及《舒婷文集》等。

[诗作] 归　梦

落　叶

一

残月像一片薄冰

飘在沁凉的夜色里

你送我回家，一路

轻轻叹着气

既不因为惆怅

也不仅仅是忧愁

我们怎么也不能解释

那落叶在风的撺掇下

所传达给我们的

那一种情绪

只是，分手之后

我听到你的足音

和落叶混在了一起

二

春天从四面八方

向我们耳语

而脚下的落叶却提示

冬的罪证，一种阴暗的记忆

深刻的震动

使我们的目光相互回避

更强烈的反射

使我们的思想再次相遇

季节不过为乔木

打下年轮的戳记

落叶和新芽的诗

有千百行

树却应当只有

一个永恒的主题

"为向天空自由伸展

我们绝不离开大地"

三

隔着窗门,风

向我叙述你的踪迹

说你走过木棉树下

是它摇落了一阵花雨

说春夜虽然料峭

你的心中并无寒意

我突然觉得:我是一片落叶

躲在黑暗的泥土里

风在为我举行葬仪

我安详地等待

那绿茸茸的梦

从我身上取得第一线生机

夏夜,在槐树下……

没有人注意那棵槐树

  (站牌。我们不断研究下一班车的时间。)

没有人知道那个夏夜

  (我冻僵了,而槐花正布置一个简短的春天。)

梦辐射,灼热的波浪

在我们头顶上连成一片疆域

而我们站在槐树下告别

小心翼翼地

像踩在国境的两边

末班车开出去

已经这么多年,这么多年

我还在想着那块站牌

那条弯弯曲曲的路线

签在旧日历上的

备注

已经随记忆的暗潮慢慢飘远

但,当你名字的灯塔

在汪洋中发出信号
我的胸口，便有什么东西
回答以断裂声

呵，母亲

你苍白的指尖理着我的双鬓
我禁不住像儿时一样
紧紧拉住你的衣襟
呵，母亲
为了留住你渐渐隐去的身影
虽然晨曦已把梦剪成烟缕
我还是久久不敢睁开眼睛

我依旧珍藏着那鲜红的围巾
生怕浣洗会使它
失去你特有的温馨
呵，母亲
岁月的流水不也同样无情
生怕记忆也一样褪色呵
我怎敢轻易打开它的画屏

为了一根刺我曾向你哭喊
如今带着荆冠，我不敢
一声也不敢呻吟

呵,母亲

我常悲哀地仰望你的照片

纵然呼唤能够穿透黄土

我怎敢惊动你的安眠

我还不敢这样陈列爱的祭品

虽然我写了许多支歌

给花、给海、给黎明

呵,母亲

我的甜柔深谧的怀念

不是激流,不是瀑布

是花木掩映中唱不出歌声的枯井

怀　念

——莫外婆

有一种怀念被填进表格

　　已逝的家庭成员

有一种怀念被朱笔描深

　　每年一次,又很快褪浅

有一种怀念聒噪不休

　　像炫耀一笔遗产

有一种怀念已变成明年故事

　　对孩子们讲祖母,多年以前

有一种怀念只是潮湿的眼睛
　　不断翻拍往事的照片
有一种怀念寂寞无声
　　像夏午的浓荫躲满辗转的鸣鸟
有一种怀念是隐秘的小路
　　在那里徘徊,在那里忏悔
有一种怀念五味俱全
　　那是老外公,他因此不久于人间

呵,谢天谢地
被怀念的老人,已
离这一切很远很远

归　梦

以我熟悉的一枝百合
　　(花瓣落在窗上)
——引起我的迷惘

以似乎吹在耳旁的呼吸
　　(脸深深埋在手里)
——使我屏息

甚至以一段简单的练习曲
　　（妈妈的手，风在窗外）
——唉，我终于又能哭出来

以被忽略的细节
以再理解了的启示
它归来了，我的热情
——以片断的诗

随笔 好的诗歌，一定会流传

一

就像绘画是光和色彩的艺术，诗歌一定是语言的艺术。写诗，既要有继承传统语言精华的能力，又要能及时吸纳当下语言的活力。

我自己写诗，有一种语言上的"洁癖"。以前有个朋友告诉我，你这样的语言洁癖，迟早会把自己累死，也会把读者累死，但是这个习惯我一直保持。

我原来的笔记本上，经常会在一首诗中空着几个字，就是因为找不到我认为恰当的字来填补。找不到好的字，就会一直空着，有时一下空了五年。这样，我宁可几年不发表这首诗歌。

二

《致橡树》和《神女峰》影响了很多人，这两首诗，对我来说，也恰好可以代表自己对爱情的两个不同阶段的认识。

《致橡树》是理想主义的产物。那时候年轻，对爱情充满浪漫的想法。这首诗发表之后，全国女性兴起了寻找自己那棵"橡树"的热潮。后来有一次我去武汉大学，有一名研究生跟我哭诉，说找不到自己的橡树。不久之后，我游览三峡，看到神女峰，想起那位找不到橡树的研究生，就觉得爱情不能太理想主义，于是写了《神女峰》，于是有了那一句"与其在悬崖上展览千年 / 不如在爱人肩头痛哭一晚"。《神女峰》里，爱情变得更实际了，代表着我对爱情的更进一步的思考。 爱情应该有理想，但更多的应该让它落在尘世中。

三

以前写好一首诗得发烧好几天，可以称得上是诗歌的"发烧友"。那时上夜班，利用休息时间写作，时常导致体虚发烧。有时工作强度很大，晚上写诗就会害怕，所以，写诗并非一件很快乐的事。

四

我们那个时代有独特的背景，放在今天，也许我们也不会出名。随着时代的变化，诗歌的观念也发生着巨大的变化。不能说哪个时代的诗人写的就比另一个时代的要好。

现在，人人都可以写诗。诗人的起点也更高了。好处是，诗歌成为全民之事，谁想写就能上网写。但是读者也越来越疑惑，因为他们找不到传统意义上的伟大诗人了。1985年我在法国，问一个年轻的法国诗人：谁是当代法国最好的诗人？他的回答是：我。我觉得现在中国的情况也是这样，谁都可以说自己是中国最好的诗人。诗歌已经没有了中心，读者也没有了耐心。读者也不是当年的读者，现在的读者都希望能读到轻松的东西。中国人在经历了那个严酷的年代之后，都喜欢过轻松的生活。但是我觉得无论时代如何发展，好的诗歌，一定会流传下去。

林 莽

原名张建中。生于1949年11月。1969年到华北水乡白洋淀插队,同年开始诗歌写作。出版有《我流过这片土地》《林莽诗选》《穿透岁月的光芒》《永恒的瞬间》《林莽诗画集》等诗集、散文随笔集多部。

代表作 星 光

当我在闲暇中度日
在书本上寻觅
我知道我早已过了那种读书的年龄
再不会一天翻过六百页的篇幅
我一本本地搬上书桌
我是在翻阅自己

往往是夜深人静
汽车的喧噪不再撞击我的窗子
钟表嘀嗒
我沉在一页页纸张之中
深夜的风掀动它们
如果感动了就在心中落雨
又渐渐平静如秋后的树木
叶子已经落光
能清晰地看到
那温柔阳光下闪着银色的枝杈
久久伫立于山峦幽暗的背景上
这时,成熟的一切不再仅属于自己

我何时能不再被所谓诗的语言所控制

我也讲不清楚

如果老塞①总活着

我会感到安慰

许多人都说他不像一个桂冠诗人

而我喜欢他

因为他平和、深邃,不再蛊惑

灵魂透明闪闪如晶石

当晚年的他聪慧地感知了上帝的目光

并沿着它攀缘领悟的阶梯

那时

他已不再会死亡

午夜之后

谈兴索然之时

我曾用它们轻轻地启示

掀动过往的薄纱

让朋友们看他博大的胸怀

一个老人的喃喃低语

这世界在那声音的背后激动得无法自控

近乎是一种崇拜

那本墨绿色的本子随身伴我远行

在我无法读书之时,我会翻弄

那有些匆忙的字迹

---

①指1984年诺贝尔文学奖获奖者,捷克诗人塞弗尔特。

我看到了生活里真正的诗
它们亲切、友善，触动你的心房
恰如情人的手触摸时所唤起的

阳光需要温和下来
海需要沉下来
星空静憩于头顶
这时，你走过沉沉的夜之大地
把逝去和向往的组成情感的河流
一切都跃然于脑际
闪闪如夜空的星斗

时光追忆 [新作]

立秋·读沃尔科特

一部《白鹭》为一个诗人画上了句号
和我现在年龄相同时的诺贝尔奖获得者
在八十岁　在生命的秋天
拥有了他保持荣耀的收官之作

因为对诗歌的爱　而放弃
因为不忍心伤害　而挥手的道别
让我看到了一个诗人赤诚的情怀

白鹭　多么轻盈的名字
天使般地飞过山河与岁月
为遗憾　也为逝去了的纪念
爱不可重建　但美的所求凝聚
结为秋山之巅五彩斑斓的火焰

也许是一种巧合
在壬辰年立秋
这个暴雨与飓风成灾的夏日
酷暑仍在大地上徘徊

我从另一片大陆归来

曾经染色的白发渐渐呈现出它的本色

与立秋的暗合

让我有一种心安理得的坦然

这时　我看见白鹭在飞

"它们像天使／突然升起、飞行,然后再次落下"

丝丝的银色　　如月光

如秋霜　如芦花的白

是岁月　是生命

是时间流水漂洗的纯净与明亮

在立秋时节

与一位大师的相遇

隔着二十个春秋的门槛

我梳理以往和稀疏的白发

为美丽的飞行　登高而望

六月,在布拉格

起伏的山峦上森林苍郁

大提琴的忧郁犹如乌云般涌起

那些红色的屋顶　昔日的王宫

还有整个中世纪的往事

沉重得足以压弯了人们的心灵

尽管伏尔塔瓦河静静流淌

天空的雨　时落时停

六月的布拉格依旧让我的心头无法安宁

在古老的查理大桥上

那些黑色的石头雕像见证了多少历史的瞬间

他们是否也满含着米兰·昆德拉

生命中不能承受之轻的感叹

在这座古老和曾经无比辉煌的城市

人们在阵阵小雨中匆匆而行

在那些用石头铺成的陈旧路面上

曾走过了多少王公大臣　武士　学者和百姓

还有　那个从黄金小巷幽灵般溜出的卡夫卡

他的那只大甲虫映出了人心的扭曲与变形

布拉格　这中世纪古罗马帝国的首府

伏尔塔瓦河在静静地流淌

当我看到它时　为什么

心中依旧蓄满了无奈与忧伤

牯岭落叶

这是百年前的石阶

落满了黄色的秋叶
那些曾经招摇在枝头的　如今
在脚下发出窸窸窣窣的声音
这些高大而独具灵性的悬铃木
它们都来自哪儿
来自哪一片既古老又遥远的母树林
在我们一同行走的这条山路上
曾经走过牧师的黑衣服
欧洲女人们亚麻的格尼裙
他们的儿女
同赛珍珠一样经历了温热而泥泞的大地

在这个世外桃源般的小镇上
如同这些叶子
拥有过一个简朴而安然的童年

这些脚下的落叶
也曾在一群年轻的士官生脚下
他们从这里走向战场
他们的灵魂飞扬
但身躯再也没有回来

这些牯岭的落叶
还曾在某些历史要人们的脚下
秋去冬来　飞雪掩住了以往的脚迹

而今天我们满怀虔诚

心绪平静地拾级而上

不惊动天地

更不打扰鬼神

仰望乾坤　敬畏山岳

将内心的思绪化作潺潺的溪水

为过往的一切轻吟浅唱

既是缅怀　也是景仰

一堆一堆的黄色的落叶

百年来　就这样

静静地安卧在

这条已经陈旧了的山路上

时光追忆

在阿尔卑斯的山峦中

在一座千年小镇的小小的广场上

面对着高山　湖泊　游艇和自由自在的白天鹅

一个十几级高的台阶的侧面

用英语　法语　德语　西班牙语　日语……

最后一行是中文

清晰地写着:时光追忆

那是六月

那座千年小镇在下午的阳光中

蓝色的湖水映出山巅的积雪

船舶和房屋的影子在水中扭曲

它们变幻着无穷的图案

让人浮想联翩　穿越时空

我仿佛看见另一个我

在去年的某一个清晨

走在哈尔斯塔特古老的小巷中

一块嵌在路边墙上的纪念碑

刻着一战和二战中阵亡的小镇居民的名字

一座有镀金天使的井泉

也已流淌了很多年

时光追忆

一座因盐矿而诞生的小镇

在千年的时光中走到了现在

如今这里的居民把盐装在了

许多个彩色而华美的小玻璃瓶里

让游客带向世界的四面八方

那古老的咸　伴着

对永远难忘的风景的记忆

踏在每一级生命的阶梯上

时光追忆

那是一架古老的马车

送来了都城维也纳的新消息

王朝更迭　而山水永恒

是谁在这里

刻下了这组意味深远的文字

防　线

在比利时与德国边境的乡间公路上

我看见一条二战时遗留下的军事防线

它穿过麦田　折断在

森林和公路相接的边缘

许多水泥的桩子

星罗棋布地散落在起伏有致的山林间

历经岁月的侵蚀

它们黑得像灵魂的影子

我不知道

它们是不是马其诺防线的延续

它们被动的姿态

可曾挡住过装甲车钢铁的履带

六月的麦田已在由青转黄

旁边的牧场上几匹小马低头吃草

原野那样静寂

我想起六十多年前的时光

二战的硝烟已经停息

在我们脚下的这条公路上

走过的是欢呼的人群还是溃败的军队

他们是否注意到了这条废弃了的军事防线

它们穿过山地

横亘在那个残酷而阴郁的年代

车过故乡

列车在阴雨中穿越故乡的原野

穿过铁路两旁排列成行的

秋色中的火炬树

会有一场大雪期待着思乡者的滞留

叶子火红　映着过往的时空

是什么让九条河流幻化成大地的琴弦

是什么让九条琴弦奏响了心中的河流

滔滔汩汩的乐曲，淌过我此刻的孤独

是有一片水泽的琴箱在不远处激荡

我知道，几夜大风会让它覆盖上冰凌

逝去的青春曾满怀着理想

日子过去，一切都成了以往

是有一场大雪在我的背后追逐而行

它将山体染白　大地铺上鹅绒

太阳像一个浑红的腌制过的鸭蛋黄

时光里零落的一切都将沉淀为石头

一颗颗垒在那儿,安得梦幻入画屏

只是我已成为另一个我

我的头颅是大雪中那座银色的雪峰

莽莽苍苍　但无法阻止时光的脚步

黄石,西塞山诗意

一

西塞山田螺般地矗立在江边

塞字以土的温暖令不盈千尺的小山青碧

山巅的北望亭鸟瞰扬子东去

前朝的过客们留下了多少参拜的足迹

白云悠悠　绿荫匝地

鹭鸟化作了飘逸的灵魂

飞过岁月　飞过千年的绝句

桃花已开败的时节

流水依旧汤汤

鳜鱼的花斑洇开淡墨的烟雨

肥沃的原野上镌刻下一条大江的踪迹

青箬笠融入了画屏
绿蓑衣仅存于诗句
斜风细雨　打湿了车窗的玻璃
不须归者望见了自己空灵的梦境

二

一座背依青山，环绕磁湖的城市
枕着一条充满传奇的大江
我用一首家喻户晓的唐诗
串接出走马观花的联想
它有石榴的艳红　有铜草花的摇曳
它有金银的高贵　孔雀石晶莹的碧绿
从青铜到黑铁的历程
是谁在告诉我们　有一座城市叫黄石

随笔　我对当前诗歌的一些看法

中国新诗在经历了新世纪的第一个十年之后,开始走向了多元共存的平稳状态。20世纪末,各个诗歌群体之间的论争,似乎也已烟消云散。大家各自进行着各自的写作,不同文化层面上的寻求者,似乎都找到了自己的位置,偶尔一些绯闻或逸事,被一些好事者传递,大多也和诗的内在本质无涉。

这并不是说中国新诗一切都好起来了,也许,这种平静体现着诗坛的某种平庸与停滞。

在对当下文本的阅读中,我们发现,一大批新诗的作者已走向成熟,一些新涌现的诗人也具有很高的起点。每年都有一些成熟的作品发表在各种媒体上。这标志着,中国新诗在经历了40年的探索之后,已经取得了不可忽略的成果。

当然,当下的诗坛依旧有着许多的弊病和不足。比如,一大批写作多年的作者依旧处于相当低端的艺术认知中,基本没有进入诗歌艺术本身;一些徒有其名的作者,依旧对某些编者和读者具有一定的欺骗性和蒙蔽性;一些自我膨胀者依旧招摇过市,给诗歌带来不良的影响和伤害;一些似是而非的评论者依旧在人云亦云,以其昏昏,使人昭昭;我们的新诗艺术依旧缺少一个基本的认知基础。

期待中国新诗的繁盛,依旧需要我们的耐心和时间。

中国新诗近百年的历史很短,但它并不简单,因为有中国宏大的旧体诗的基础,因为近几十年来我们不断向世界优秀文化和诗歌学习与借鉴。它们让中国的新诗具有了两个强有力的翅膀,它已经飞出了自己的高度,同时也具有了一大批优秀的诗人和许多堪称经典的新诗作品。

中国新诗因多年的社会文化理念的制约,因新诗教育的滞后,依旧处于被边缘化的境地中。中国新诗虽成绩斐然,但它并不被人们充分认知。

就中国当下诗坛的整体而言,它如同一片自由生长的荒原,充满了生机,但缺少了应有的秩序与方向。中国新诗还需要更有目的性的梳理和总结,中国的新诗教育还有待更根本的变革与调整。

而对于每一位诗人而言,面对诗歌艺术,是否有一颗虔诚的心,是否真挚地面对生活和诗歌进行创作,是否抛弃了那些虚妄的急功近利的世俗性,都是十分重要的。中国诗坛是中国现实社会的一部分,社会的各种形态同样反映在诗坛上,同样充满了各种矛盾,同样存在着形形色色的积垢与问题。这些和艺术本质相悖的因素,同样影响着中国新诗的繁荣与发展。一个诗人心灵的自律和对艺术的诚心以求,决定着他的艺术成就。

我们看到了自新诗发端以来的那些优秀的传承者,我们也看到了一些后来者正在为中国新诗而努力。中国新诗不会停滞不前,中国新诗之树必然常青。

李 琦

1956年出生,哈尔滨人。下过乡,当过老师、文学编辑。写诗四十年,出版过诗集、散文集多部。《李琦近作选》获第三届中国女性文学奖、第五届鲁迅文学奖。

代表作 我最喜欢的这只花瓶

我最喜欢的这只花瓶
永远只装着
半瓶清水

有人奇怪，它是花瓶
为什么不装着花
我说，它装着花的灵魂

我经常出神地望着它
花就在我的眼睛里长了出来
动人而尊贵的花
就像童话里最美的公主
一经露面
就闪烁着震慑人心的光芒

有一天，我用它装满了雪
这是最没力气
在尘世开放的花朵
雪在我的瓶中化成了水
那伤心的凉
带着一种从天而降的纯洁

我的花瓶

它来历特殊

就像滚滚红尘里

一个与众不同的人

我的花瓶

举着我心中之花

在缺少美丽的现实中

隐姓埋名地

开放

看羊群马群经过 [新作]

我们和我

有许多时候,不同的人
代表了我,包括了我
从少年至今,很多隆重的
看上去盛大或是严肃的场合
庆典中,会议里,报纸上
我,被铿锵有力地代表
我们满怀着……我们信心百倍
我们,就是全体,不由分说
我们幸福,我们斗志昂扬
我们领会或者贯彻,姿态奋勇
我们,我们,我们

从来没有任何人
代替我难过。这是独享的
我所看见,我所听到
我所经历的,一些痛楚
必须独自体验。那种从心脏
到毛细血管辐射的感觉
无法用语言,——精准地记录
那些刻骨铭心的瞬间,悲伤袭来

当你把变碎的自己，重新整合
那不再是我们，那真实的
切肤之痛，那是我的感受
是我，我自己的我，我本人的我

看羊群马群经过

大地的经卷，在这里
以画面呈现——六月的傍晚
风吹草原，羊群和马群
正先后从我面前经过

喧闹的尘世是我们的
安宁的草原是它们的

先是羊群。它们步伐小心
像是怕踩坏了草原。簇拥而行
彼此传递着无邪和信任
如同刚刚走出教堂

接着是马群，姿态和气宇
如一群英俊的少年
风吹动它们的鬃发，它们
忽然停住，肃穆地侧耳倾听
复又若有所悟，继续端庄地前行

它们的身影里,有一种庄重和天真
把寂静的草原变得更盛大、空
这一刻,我的年龄悄然递减
它们给了我八岁的眼神

败笔,来自那正驶来的车辆
又有人前来"勘探",把破坏叫作开采
茫茫草原,已经留下了道道伤疤
他们还想把更多的草地,攥出油水

神啊,我看出了你对人的失望
你让那些生灵,忧伤地向远方走去
羊群与马群,像一盏一盏灯
正缓缓地经过人间
此刻,你温厚的手指化作晚风
痛惜地,——抚摸着它们

叫乌达木的孩子

叫乌达木的孩子来自呼伦贝尔
他的歌声里走出了一匹小马
只是这一匹小马
就把整个剧场,驮在了背上

他唱歌的时候，目光很空

从上海到北京

多大的礼堂，在他的心里

也就是一个毡房

乌达木的父母去了天堂

这个孩子，每一次唱起歌来

都是一次怅惘的探亲

一步一步，他对天堂拜望

被称为草原小王子

被称为达人，被形容和描写

其实，这个宁静超然的孩子

只是草原捧出的一滴露水

呼伦贝尔，天下最美的草原

请把你的小乌达木抱紧

只有那最蓝的天空下，才能看护

最清明的生灵，最高贵的心

午饭时间

为游人而建的蒙古包里

丰盛的筵席正在进行

天上飞的，地上跑的，水中游的

劝酒声,说笑声,推杯换盏
人们习惯了,热闹地进餐

蒙古包外,几匹深棕色的马
正在安详地吃草。它们食而不言
饮食单调,线条却如此优美
一种光,罩着它们铜像般的躯体
淡定之态,让我想起云游的僧人

现　状

一

瞠目结舌,作为词语
它一直卧底,潜伏到今天

我正在变老,如果有一天
做了外婆,我真不知道
面对小小的孩子,我会怎样讲述
我经历过的那些故事
说我见多识广,还是说
我就那样,满面尘垢
一片混沌中,度过了流年

二

经历了那么多事情,

关于某年、某月、某个日子

我有铭心刻骨的记忆

我的脸色,从白皙到黯淡

与时令相配,算作流行色

总想仰天长啸

或与谁彻夜长谈

最后变成一声叹息

或者木然地,一言不发

我活着,与精彩无关

平淡、平常、平庸

我一个人,是千家万户

千家万户,是我一个人

这就是老了

这就是老了

从前就不茂密的头发

渐生白发。皮肤不复光洁

还日趋黯淡。好在

女儿她长大成人

正翠竹般摇曳生姿

为你所做的一切

只能给我带来安慰
从你尚是婴儿,我在马路上
骤然昏迷,用最后的力气
举起你。那一刻就注定了
我不仅交出乳汁、精力、岁月
还情愿献上一切
这不该被称为牺牲
本该如此,不过是遵循了
古老自然的法则

你聪慧,清秀,也算得上懂事
却依旧让我的牵挂
具体而执着,径直通向你
我默念着你健康、快乐
最好既无远虑,也无近忧
能遇到自己中意的男子
茫茫人世,找到执手相伴的人

此刻,你可能正裙袂飘飞
走在北京东城的某一条街上
而我,在薄凉的哈尔滨初秋
正翻看你小时候的影集
我的身边,是个深情的
年过半百的男子。这个人
经常偏激而固执,老而弥坚

让我的一生，添了许多烦恼

却总是以他的脱俗和生动

让我一遍遍喜欢。这个

总说要当严父，又屡屡食言的人

他是你的父亲

你是我最好的朋友

"你是我最好的朋友"

那一刻我竟有点受宠若惊

女儿面前，我总是难以端庄

其实，我应该表现得更为矜持

从什么时候，代沟渐窄

先是各退一步，而后

又彼此逐渐走近。直到今天

两地相隔，声音只能从电话里传来

每次见面都成为节日

身上衣裙，颈上围巾

从天下苍生到儿女情长

每一次都谈到体力不支

此刻，又是告别之时

女儿伏在我的肩头

说了上面的话，而后转身就走

她怕我看见涌出的泪水

你也是我最好的朋友,孩子
你甚至就是另一个我
我们前后辗转,分身而行
交替穿越这人间的风云

我幻想着,有一天

我幻想着,有一天
像当初抱着你那样
在胸前抱起你的孩子
那会让我想起,我们最初的相见
你是刚投奔到人间的婴儿
皮肤柔嫩,光滑得像一条小鱼

至此一生,我领受的最好的礼物
我的女儿。你让我见证了
生命的蓬勃和美丽
因为有了母亲的资历
万事万物,都需要重新认识

养育孩子,天下最有趣味的事情
看一个咿呀学语的幼儿
有一天伶牙俐齿,甚至有种凛然

指出你的糊涂或者平庸

这是无法言传的欣慰

我会觉得，为这个世界

也算尽了微薄之力

游铜绿山古铜矿

一群年过半百的诗人

在千年古矿面前

感到了小，那是小孩子

见到老祖先的感觉

有德之人，才配称为祖先

总得给后辈留下什么

让晚来之人，遥念怀想

百年之后，千年之后

古老笨重的遗迹面前

当初，那些为了生存的劳动

让机灵的现代人

有种不自在的感觉

时至今时，遍地可见聪明

技术、机巧、欲念，无所不在

我们还有什么不能做的事情

我们还有什么留得住的事物

铜绿山古铜矿,孔雀石
用力纠结在一起。那种绿
大美,厚重而沉默
如魂魄的遗痕,如巨大的疑团

随笔 苍茫回眸时

20世纪80年代收到《诗刊》"青春诗会"的邀请,彼时孩子正小,我又在学校教书,诸事缠身,只能婉拒。我还记得,王燕生老师特意来电话,说我晚来两天也无妨,他们在路上等我。我终于未能成行。如今孩子早已长大,等到"青春回眸"时,当年殷殷召唤我的师长,已到另一个世界了。"回眸"期间,与诸诗人感叹唏嘘:"时间"从不抛头露面,我们却都从彼此身上看到它的真容。

我想,诗人写作,大概会有两种姿态。一种是沉浸在自己的写作中,冥想和独处的时间较长。因无暇回身,有时可能是背对诗坛的;还有一种,在均匀的写作速度中,抬起头来,远观或者近望,有能力和热情,组织或参与一些诗歌活动,对诗坛有自己的理解和判断。

我大致是趋于前者的。尤其近两年来,说离群索居也不算为过。我放慢了写作的速度,也几乎没参与什么诗歌活动。平时连电话也懒得打。两年来,我的阅读大于写作,生活大于写作。有所行旅,也多是一些人迹较少的偏远之地。

重读经典(不仅是诗歌),对自己有了重新梳理和清洗的过程。真正的大师就是不同凡响。年轻时阅读,面对好作品,赞叹常会脱口而出。其实有很多地方,没有读出意味。随着年纪和阅历的增加,当初那些不以为然的闲笔或幽微之处,包括语调、节奏,会给我以说不出话来的震动。阅读好作品的魅力,不是让人到处炫耀,或更为奋发地想多写什么,而是让人如瞻仰名胜,有一种巨大的精神满足,不得不屏息沉思,生出自卑和谨慎。而阅读山河,去那些人烟清净开阔的地方行走，读大自然的经卷，也让人安神敛气，从万物那里获得一种清新的能量。不知别人，在我，就是如此。

我要诚实地说，我没怎么多关注今日诗坛，好像也顾不上。自己不是诗坛的什么人物，也不是有眼光的批评家。加上性格所致，除三两好友，和诗人往来也少。日常生活里，有太多需要操心的事。诸多的忧虑烦恼，让我不得不多关注柴米油盐的生活层面。

当然，我也有对诗坛的一知半解，会经常收到一些诗集和诗歌读物，不知是否看花了眼，常常心生悲凉。能让眼前一亮的诗句，确实不多。包括我自己，想写出一首满意的诗歌，不那么容易。我发现平素喜欢的几个诗人，水准未降。他们有节制的写作态度，我也欣赏。写得少，发得也不多，也没有能力老出书，所以惊喜来得比较缓慢。而面目差不多的诗歌，确实提不起劲。同时让我对自己的写作也有了警觉。

一些诗人，写作之外，想方设法为诗歌做事，以一己之力办诗刊，举办诗歌活动，参与公共事务，关注时代与民生。对这样的人，我是心生尊敬的。

当然，也看到一些肤浅和热闹。看到一些无聊无趣的诗歌，再配上一些不知所云的评论。那些云山雾罩什么都敢说的文字，有的可能与情面、时令或诸多元素有关，但尺度的把握在自己啊，起码的诚实不该丢掉。为什么要那么干呢？文人不该对文字冒犯，让语言以灰烬的形式出现，让看的人都不好意思。阐释诗歌可以深奥，却没必要曲意逢迎或故弄玄虚。诗歌不是花招和圈套。要是对诗歌连敬意都没有，生生破坏了汉语的尊严，那写作的必要也就不存在了。

回眸有一种惆怅。年轻时以为年长后会明白的事情，至今仍旧困惑。只是随着岁月，人变得平静了。一如既往的是：我依旧热爱诗歌，数十年初衷未改。我期望诗坛优雅而多元,就像我一直期望:我生存的地方清明而自由。

谢克强

1947年出生,湖北黄冈人。1972年开始在《解放军文艺》发表作品。著有诗集《孤旅》、散文诗集《远山近水》、散文集《母亲河》等11部及《谢克强文集》(8卷)。

〔代表作〕 自画像

眯缝起眼睛
我尖锐地审视着自己
这是我吗

稀疏的头发
竟被风狂草成一派豪放
额前的空旷袒露一段历史
留下风雨残缺的美
贮满记忆

孤独和伤感不属于我
苦泪早流成一条内陆河
流进思想的沙漠
鼻子站在岁月的风景线上
耐人寻味
而胡须与阳光竞相生长
嘴呢

画不画嘴无关紧要
重要的是有一双深邃的眼睛
好以不安分的目光

注视

缤纷的大千世界

[新作] 寻找词的光芒

墙上的钉子

晨光　以青铜的光芒
逼近墙上那枚钉子
青铜的光芒
摇曳钉子有些锈红的目光
令钉子默默回味铁锤的青光
击打空气的啸声

流行曲和季节风
从钉子身边轻轻拂过
钉子无动于衷
它默默无闻地钉在墙上
以近似冷漠的目光
审视斑驳的岁月

是呵　谁不怕锈蚀了骨骼
锈蚀了思想呢
当力的铁锤
将钉子落满灰烬的热情敲醒
一种应运而生的欲望
在力的敲打声里

渐渐辉煌

当然　也有痛苦
有时虽说伤痕累累
可在逼近目的时
痛苦的伤口撕心裂肺地痛
然而当猝然而至的一击来临
钉子依然以真诚与坚贞
迎上前去

只有那些不堪一击的朽木
那些不长骨头的怯弱
才害怕击打
越打，钉子才钻得深站得稳
坚定而充实

镜　子

梦里醒来　骤然落入镜中
这比天空还明亮深邃的镜子
映现另一个我

这是岁月还是人生　抑或
岁月与人生的留影呢
一个身影　以另一个身影为邻

还有什么不能暴露

刚想拿起梳子
修饰一下有些蓬乱的头发
端看镜中的面庞
不知哪来几片阴影　骤然覆盖
岩石一样粗粝的额头

忧郁　对于生命意味着什么呢
来不及梳理一下内心的紊乱
手指随着情感在镜里翻动
分明想拂去昨夜的梦

仅如此　我就很欣慰了
能有一段时间与空间　让我
自己审视自己

题　照

一

风云远渡
朋友也一个个走了
你默立岸边
唯有嶙峋的岸礁

伴你

站成最佳风景

凛然

是你独特的情愫吗

没有奴颜媚骨

一脸的凝重与冷肃

展示信念

远处

层浪向你涌来

一只海燕从浪里飞出

(是高尔基的那只海燕吗)

几声歌吟

惊起一片慨叹

隔着玻璃

凝视你伟岸的身影

我感受孤独

领略坚定

二

站在山下

一级一级石阶

深远了你苍茫的背影

深远了你的目光

不愿碌碌无为
不甘平庸
你一手叉腰
一只脚似抬了起来
毅然选择
攀登

额上　深深的皱纹
铸进多少记忆
你知道你不再年轻
(是青春误了你
还是你误了青春)
得追赶时间

攀登的路
还有多高多远呢
阳光　辉耀你瘦削的身影
镀亮你此时此地的思绪
为你壮行

残　稿

黄昏过后

天尽头　无数颗星星将要分娩
可我一个字也写不出来
刚点燃一支烟　忽明忽灭
明灭成一屋空茫

要不要继续写下去呢
思来想去　莫非真要捻断几根须
风吹瘦了我的影子　一时间
不知魂丢在了哪里

夜风有些凉　月也不肯圆
我眯着眼睛想猎寻一点什么
这时星星站在窗口眨巴着眼睛
似在嘲笑我的痴情

秋天　正是收获的季节
本该满怀激动　或充满喜悦
而我却像一个歉收的农夫
望着半页残稿发呆

就这么着吧
半页残稿就让它那么搁着
搁着　也是一种收获
毕竟有那么几个词站在纸上
痴望着我

记　梦

生活　像困极了的夜
催我和衣躺下
梦　却让我生出翅膀
冲破死一般的沉寂

等梦垂下翅膀
我开始凝固　也开始缄默
欲借满天星斗亮着我的心思

许是借助地火的奔突
我变成一块坚实粗糙的石头
在河水拐弯的地方　坐着
神情还有点严肃

（可能的　纵是再一次蜕变
风骨依然还是宁折不弯　还有
诗人坦率直言的性格）

不等我安静于大地的辽远
远远近近的石头　浅浅的野花
纷纷投来探询的目光
问候新来的石头

只有日益污染的河水

带着泥沙　来来去去反反复复

抚摸我粗粝的棱角

游铜绿山古铜矿

铜草花

夜色氤氲在山的那边

晨钟也没有来得及敲响

这些不像草也不像花的家伙

不顾一切　争先恐后冒了出来

开在石缝　开在岩隙

等晨钟掷出黄铜的光芒

这些不像草也不像花的家伙

忙着张开晨曦的手臂

面朝空旷　报告

石缝岩隙矿脉的消息

矿　石

那年　日理万机的毛泽东

执意乘车来到大冶矿山

随后　信手捡起一块矿石

用他那执掌乾坤的手
掂了又掂

他知道
有了这矿石中沉沉的铁
他新建的人民共和国的基石
才铁一样坚

[随笔] 独白,徘徊在诗与美之间

在诗中,没有一个独立的词;每一个词,总是被另一个词修饰着。看一个诗人的艺术功力,不仅看他是否善于运用词汇,更要看他是否善于舍弃语言的规范,创造性地将一个词修饰成另一个词,使每一个词较之原来更丰富、更深刻、更具有新意。

人的感知总是受限于特定的时空、特定的视角,受限于他自身特定的知觉结构。因此,不要企图去写什么样的诗或者想做什么样的诗人,你只能在什么情境里有什么样的感知和联想,然后写什么样的诗。

要有个性,一切的艺术都是个性的艺术,诗更是如此。个性,即是独特的东西,这种独特的东西,并不表现在诗的外部特征,而表现于诗的灵魂。

诗耻于用某种感受去诠释一种哲理,却总是力图将某种哲理化作一种诗的感觉。

意义对诗的介入,是诗人生活经验在向语言的转换过程中赋予生命的一种折光,有时诗人并未觉察到,但是,只要诗人的生活经验是真实的,来自生命深处,就必然呈现出意义的光芒,否则,诗就无所谓生命。

诗应该有底蕴。

所谓底蕴,无非是说诗应具有深刻的人生意义和哲理意味,但是,如果没有富于张力的语言,没有富于韵律的节奏,没有情感的多维指向,没有富于暗示和启示的象征意象,诗又如何会有弦外之音、言外之意、意外之旨呢?

诗,尤其是抒情诗,不适于反映和再现复杂的多层次的社会生活,因为诗毕竟拙于说理而长于抒情,拙于叙事而长于以一个瞬间或片段反映生活。

所以,叙述生活不是诗人的责任,诗人的责任全在于抒情的创造。

诗人在对生活进行艺术观察时,总是力图开放一切感官去感受生活,并把这种最初的艺术感受贮进记忆,以便去感知、提炼和升华,因此,记忆力仍是诗歌创作审美主体不可缺少的素质。

一个出色的诗人,常常拥有出色的记忆力。

高明的诗人,应该同高明的园艺师一样,善于在老树上嫁接新枝。

无论是以知觉表现思想,或是把思想还原为知觉,意象的产生,实质上就是要把握事物的实质和感性特征,从而将感情和理性融合在意象里,以传达感情并暗示思想。

由此可见,意象的形成乃是诗人内心经验的结果。

所谓夸张,我以为就像用放大镜观察事物一样,只不过是想将事物看得更清晰、更透彻些。

诗写到一定程度，诗人要突破自己。就如同跳高运动员跨过一定高度面临横杆提高，将要跨越新的高度一样，不仅要有信心，更重要的是要有耐心。

"天才即耐心，而涂改和难产，正是天才的标志。"（福楼拜）

诗即是美。但是，诗不仅仅是美，还应该是力。这种力应该是思想的力、情感的力，所以从某种意义上说，诗是诗人心灵勃发的力的音响。

生动鲜活的艺术形象，新奇别致的艺术构思，真实浓郁的感情色彩，我以为诗的艺术性就是通过这三者和谐地表现出来。这样的诗，仿佛含苞怒放的鲜花，又如饱含浆汁的果实，更似春天散发芳香的复苏的泥土，它怎能不悦人眼目、动人心旌呢！

梁 平

1955年生于重庆市。国家一级作家,享受国务院政府特殊津贴专家。出版有诗集《拒绝温柔》、《梁平诗选》、《琥珀色的波兰》、《近远近》(波兰语版)及《三十年河东》《家谱》《汶川故事》等八部,长篇小说《朝天门》等。

代表作 **重庆书**(节选)

六

风从后面吹来,较场口背心很凉,
一抹寒光架在脖子上。
枪声没有了。刽子手的屠刀没有落地,
即使陈列柜里歪躺着的那具,
中正式步枪锈蚀如泥、手指可捻。
军装换了又换,后方一退再退,
从天官府走到较场口的郭沫若,满腹才情,
奔走呼号,有几人能够读懂凤凰?
这里的诗歌,比迎面而来的刺刀更锋利,
"四君子"一人一行,书写自己,
凤凰冲向云空,黑夜狰狞,也束手无策。
腥风血雨过后,伤痛在太阳下结痂,
紫黑色花朵与霓虹交相辉映,
一切成为背景,较场口站在风中,不朽。

七

日军飞机如蝗,遮蔽了头顶上的阳光。
城市上空的警报撕裂了所有的街道,

一只鸽子的翅膀折断了，

回不了家。

滴血的翅膀在地上流浪，停止了飞翔。

房子倒了，门窗躺了一地，

防空洞外一架黑框眼镜破碎以后，

还呆呆地望着天空。

街上的瓷器已经七零八落，

那些拼命挤进洞里的人比瓷器粘得更紧。

空气开始稀薄、开始凝固，

森林般的手臂舞动、渐渐缓慢、渐渐无助。

然后，所有的手都朝着洞口的方向，

以相同的姿势，定格了那个日子。

洞外的那只鸽子死了，

身上找不到一片白色的羽毛。

黑烟消失，洞里的人再没有走出来。

磁器街从此伤痕累累，

一碰就流血，流血不止。半个世纪以后，

防空洞还在街上最显眼的地方。

(节选自《重庆书·第一章·以前》)

新作 行走江湖

石刻的南宋

东钱湖在鄞州的词,
与黄梅山的深林翠谷有关,
水喂养山,山澄清水,
都是一种互补。
就像宁波之于鄞州,
鄞州之于宁波。

南宋太平盛世,
在这里石刻成群。
左有青龙,右有白虎,
镇守了史氏望族墓葬神道,
齐公史渐,卫忠献王史弥远,
挽留了久远的风水。

戴盔穿甲的武,
仗剑没有恶煞。
穿袍戴冠的文,
执笏也见优雅。
武将与文臣,列阵两旁,
也是比邻而居的街坊。

虎不见凶猛,
如羊,如温顺的猫。
石头温婉的肌理,
与东钱湖迷离的涟漪,
织成江南丝线,
时光飞针,留下线装经典。

扬州慢

从温婉的宋词里摇曳出来,
一种慢,优雅而绵长。
西湖瘦了多年,

杨柳腰摆,两岸略施粉黛。
大街小巷腮红点染,
三月的烟花已经不是从前。
羞月古典,琴瑟清凉,
弄弦的纤纤素指调遣千军万马,
激越处戛然而止,
且慢,且慢。

个园的精妙,
把竹一分为二。
黄至均在袁枚的月映下,

从"千个字"中挑出一"个",
园林,私家,都是经典。
个是把伞,面面呵护的场景,
一个方向插上翅膀的飞。

一切都在慢。
高邮古驿站的马蹄也是散板,
从唐一路悠然下来。
大运河舒缓了,
扬州在汪曾祺的青菜豆腐里,
咀嚼不同寻常的清淡,
还是小桥流水,吴越软语,
竟生成民族大气派。

城市的名片不止于遥远,
随手可取,在现在,
没有人可以忽略烟花三月,
回到宋词,重温缠绵,
最好是,自己给自己,
唱一曲扬州慢。

咸宁温泉

温泉在咸宁泡出很多故事,
淡黄色的奢侈,在不温不火的50℃,

与布衣和草鞋相依为伴。

朝廷距离太遥远，

历朝历代的江山沸沸涌涌，

却没有一个从这里汲取一杯纯净。

雾气蒸腾的风花雪月，

香艳与颓废，

是无须修饰的花边。

久远的久，温泉的温，

也许只要有一次赤裸的浸泡，

灵魂就干净了。

这是距武汉八十公里的天堂，

没有污染的浴缸。

这里原始的微量元素，

与你亲密接触，

每一种抚慰都有最隐秘的释放。

真正的天然不是制造，

水击石岩，有虹影在眼前飞舞，

在水中做一次优美飞翔。

身心渐渐温润，

看见雪地的鲜花，冬日的暖阳，

从此不再流浪。

西仓坡,拜谒闻一多殉难处

一个不起眼过道,
1946年7月,一粒暗处的子弹,
射穿了第15张日历。
他和那张日历舒缓地坠落,
双手指向乌云的上空。
西仓半坡上的血,
溅红了他《最后的演讲》,
那是为李公朴的哀悼,
那是给自己留下的墓志铭。

那一天,滇池红了,
高原上的土红了。

《死水》点燃《红烛》,
血色覆盖了自己的眼睛、胡须。
眼睛进不去一粒沙子,
胡须一把给倭寇,
家国清明才有身体的清明。
那一袭长衫飘飞了,
西南联大的门框矮了一截,
基石长高了一寸。
朱自清先生的儒雅,
砸在昆明大街小巷的悲愤,

压哑了所有的声响。
那支红烛，红了整个天空。

西仓坡6号纪念碑的石阶，
已经被坐得平滑了。
我坐在冰冷的大理石上，
血在烧，听得见裂爆的细节。
我开始等待，等待一个时刻，
把我诗的脂肪点燃，
然后，把自己烧成灰，
换一副骨架、一个嗓门，
让我以后的每一次呼吸，
掷地有声。

剪　纸

我未曾谋面的祖籍，
被一把剪刀从名词剪成年代，
剪成很久以前的村庄。
我的年轻、年迈的祖母，
以及她们的祖母、祖母的祖母，
游刃有余。她们
习惯了刀剪在纸上的说话，
那些故事的片段与细节，
那些哀乐与喜怒，

那些隐秘。

村头流过的河，
在女人的手指间绕了千百转，
流到了一张鲜红的纸上。
手指已经粗糙、失去了光泽，
纸上还藏着少女的羞涩，
开出一朵粉嫩的桃花。
这一刀有些紧张，
花瓣落了一地，
被路过的春天捡起来泼洒，
我看见了，未曾谋面的祖母。

古滇墓葬群

石寨山睡了，
没有一丝鸟鸣。
一个王国的墓葬沉寂得太久，
依稀了，斑驳了。
满地的落叶与树枝，
都是古滇大风吹散的矛钺。
金戈铁马过去了，
与战事无关的烟火留下饰纹，
爬满青铜的身体，
高原上一个远古的民族密码，

埋伏其中，区别于汉。

围墙里杂草新鲜、野花新鲜，
那些肆意的五颜六色，
成为后裔们身上的披挂。
芝麻开门，抚仙湖水底的繁华，
缓缓浮出了水面，
古滇有国有家。
一枚黄金"滇王之印"，
在自己的姓氏上，
举起了曾经的江山。
近水而居的石寨，山似鲸鱼，
亘卧于滇池的浩荡，
看得见它的满腹经纶。

深埋的古滇国墓葬群，
已经没有呼吸。
我在两千年以后的造访，
与一个守山老人、一只小狗，
谋面在阳光下的苍凉里。
老人没有经纶，狗也没有，
一支长杆的旱烟递给我，
那是最友好的招待。
却之不恭，只能不恭，
我不能承受如此强烈的潦草。

石缝里一朵黄色小花,

在脚下,开得分外嚣张。

铜绿山遗址梦记

五十万吨炼炉的排泄物,

堆积成商周古代青铜的证词。

铜绿山的遗存斑驳了,

矿窑的浅睡眠,井巷的深呼吸,

矿石与木炭在火焰里的云雨,

生出那些铜的子孙,

三千年前就已经风情万种。

长江流域上的中原身披盔甲,

都是铜绿山的印记。

我潜行于春秋时代,

在第八座竖炉前被风卷入。

祖先们对我的贸然耿耿于怀,

那些燃烧的眼神盯得我周身发烫,

我知道我要熔化了。

没有人与我交流,没有驱赶,

我也没有逃跑的意思。

正好经历一次冶炼,

即使不成铜,一枚豌豆足矣。

【随笔】纸上的中国诗歌与非纸上的动静(节选)

2012年底,莫言首摘诺贝尔文学奖的桂冠,几乎成为整个中国文学的话题。其实这再正常不过了,因为中国文学和中国作家有了太久的期待。这却使我想起曾经在国内几度自己折腾出来的"诺贝尔诗歌预备奖",也一样颁奖、领奖,明明知道是一件可乐的事,明明知道不靠谱,我没有搞懂的是,为什么也有很优秀的诗人掺和进去,还煞有介事。相比之下,我只能说,诗人应该多一点小说家的沉稳与淡定。

又是一年了,中国诗歌的喧嚣、浮躁被说了很多年,从一开始我就不赞同这样的说法。这个喧嚣与浮躁可以简单归结为一个字:闹。其实是,诗歌就喜欢闹出个动静。闹是诗人的天性,也是诗歌更加看重传播的特点,只要别闹得太不靠谱就行。

总的看来,2012年的中国诗歌相对于以往,更加安静与结实了。安静指的是诗人的胸怀。诗人与诗人之间,无论是网上还是各种关于诗歌的集会,前些年那种相互之间的指责、诋毁,甚至谩骂几乎没有了,留下的是真正的诗歌论争的声音。起眼东西南北,各路诗人、各种拳脚与路数都认清了一个道理,"拿作品说话"。以往那种各自"我是天下第一"的幼稚已经随风飘去。结实指的是创作的姿态以及作品呈现出来的思考。尽管我们现在,很难在众多的诗歌里挑出一首成就一个诗人。但平心而论,即使朦胧诗时代、即使"第三代"留下的"经典",与现在诗人们的创造相比,现在的诗歌在技术层面、思想层面的优势仍是显而易见的。我说这话,没有丝毫轻看"朦胧诗"和"第三代"的意思,他们已经卓越地完成了他们那个时代的使命。我也从那个时代过来，我很清楚这是由于时代的发展，文化的多元所带来的必然。那个时代一去不复返了。所以，我们不能只保留那个时代的话语，以那个时代诗歌的"轰动效应"作标尺来衡量今天诗歌的成就，而应该冷静、细致、公允、客观地看待中国诗歌现场诗人们的努力。2012年中国诗歌由于有了大家认可的卓有成效的诗歌刊物努力不懈地搭建的高端平台，有了大家认可的坚持数年已经成熟而优秀的各种选本，有了大家认可的引领纷繁网络可以立竿举旗的平台，这些平台又相互渗透、相互融入，构成了一幅幅斑斓的中国诗歌五彩图。诗人们开始选择适合自己展示的平台，有了选择，就有了方向，有了思考，写作就不再是随心所欲，而多了自觉与区分，弱化了以往充斥诗坛的自娱自乐，减少了平庸与乏味。好的诗歌平台的搭建，支撑了诗歌的结实，诗人的自觉增强了诗歌的结实。

柳 沄

1958年10月出生于大连,1964年随父母工作调动去沈阳,1975年下乡到盘锦胡家农场,1977年应征入伍,1986年复员后被分配到辽宁省作家协会工作,先后任《当代诗歌》《鸭绿江》诗歌编辑,曾参加《诗刊》社第十一届"青春诗会"。

[代表作] 瓷 器

比生命更脆弱的事物
是那些精美的瓷器
我的任何一次失手
都会使它们遭到粉碎

在此之前
瓷器吸收了太多的尖叫
坠地时又将尖叫释放出来
这是一种过程,倏忽即逝
如此,千篇一律的瓷器
谁也挽救不了谁

黄昏的太阳雄心消沉
围绕着那些瓷器
日子鸟一样乱飞
瓷器过分完美,使我残缺
如果将它们埋入地下
那么我漫长的一生
就只能是瓷器的某个瞬间

但在另一种意义里,瓷器
坚硬得一点力气也没有
它们更喜欢待在高高的古玩架上
与哲人的面孔保持一致

许多时候,我不忍回首
那样它们会走动起来
而瓷器一经走动
举步便是深渊

因此就不难明白
为什么瓷器宁肯粉身碎骨
而拒绝腐烂
是的,瓷器太高贵了
反而不堪一击
在瓷器跌落的地方
遍地都是呻吟和牙齿

瓷器粉碎时
其愤怒是锋利的
它逼迫我的伤口
重新绽开

空着的座位

常去的地方

怒江街北边
有一座街心公园
公园里的老柞树下
摆放着几张长条木椅

如今,刷在木椅上的油漆
已经剥落,但木椅
依然和木板和拧在木板上的
螺丝钉,一样结实

无事的时候
我常去那儿坐坐
那儿无神,却是
离神最近的地方
在那儿,我
结识了不少朋友
其中包括一位:妻子离世
儿女远在国外的老人

那是一位非常平静

非常慈祥的老人

其年龄的尖顶总是挂着几片

往事的云朵

几次与他单独坐在一起时

我都有种特别的感受

——仿佛坐在

天堂的门口

飞 天

名词，也是动词

两者之间，这些

来历不详面目不清的女人

既不能飞走

又不想落下来

这些一千四百多年前的女人

与我面对面地注视着

一千四百多年的时光，也无法

将她们飘动的衣袂

以及饰带，变成翼

既不飞走也不落下来

她们卡在那儿的样子

远不如洞窟外的月牙泉
那么舒服地泡在
时而荡漾时而平静的泉水里

远不如漂亮的讲解员
那么迷人。赶往
天堂的她们使天堂空着
就像四周的沙漠
那样死寂地空着

想不出我与她们
到底有什么关系
我从东北远道而来
好像就是为了在她们面前
惦念家中的女儿和妻子

空着的座位

列车驶离始发站
已经很久了。我身边的
39号座位,还在空着

很安静地空着
除了安静,什么也没有那样空着
空得过道上每一个走动的乘客

都特别像它的主人

奔跑的列车
继续飞快地向前奔跑
一直空着的座位,使
两个本该在难挨的旅途中
肩并肩坐在一起的人
莫名其妙地少了一个

那是一个怎样的人呢
我仰靠在椅背上,想象着
他的性别、年龄以及模样
突然就想到了前天下午
为我拔牙的女牙医
她露在口罩外面的两只眼睛
非常漂亮

这一切
使空着的座位
更空

杯子和杯子

你始终无法区分
两只一模一样的杯子

在棕色的茶几上
它和它凑成了
特别恬静，特别
洁白的一对儿

就像电视和沙发
那么对称，就像
你和自己难以分离
后来，其中的一只
不慎跌落在地板上
所发出的十分清脆
又十分短暂的声响
长时间地装满
另一只杯子

此时，你蜷缩在
忽深忽浅的睡梦里
一再感到
像是被谁
轻轻地端在手上

阅　读

每翻开一页
文字几乎都是新的

甚至连时间和灯光
也是新的

像窗外的月亮
面对整个夜晚那样
我神情专注地面对书中的一切
而不再去理睬
那颗早已经坏透
并不断让我难受的牙齿

和坏透了的牙齿
一样坏的，是
书中那个小人物的运气
所以，在故事的结尾处
他结束自己的生命时
跟拔掉一颗牙一样容易

当月光摸遍了
夜里的每一个细节
我将书轻轻合上，如
一个酒足饭饱的食客
起身离开

但这样说并不意味着
那本被我读过的书

就是一堆啃剩的骨头

或鱼刺

性格与命运

除了你与自己

还能有什么,比

性格与命运靠得更紧

你当然知道

比喻从来都是荒谬的

然而,在这个必然的下午

荒谬的比喻使你更加荒谬地想到

一块偶然从山顶

滚落的岩石

只见它时而高高地弹起

时而笔直地下坠……

你想不出:到底

什么样的磕碰及摔打

才能让性格与命运

截然分开

趁你这么想着

它越滚越快越滚越快

直到深深的谷底接纳了它
直到它在止不住的滚落中
与那滚落的经历
紧紧地搂抱成一团儿

就好比此刻
你一声不吭地坐在
自己的身边

下午的磁湖

下午的磁湖
泡在下午的湖水里

泡在湖水里的磁湖
跟湖水一样清澈一样平静
除了平静除了清澈
下午的磁湖再没有别的事

哦,磁湖无事时
湖水也无事

【随笔】 诗歌的用处在于无用

诗歌与诗人是双向的，在你选择了诗歌的同时，诗歌也在选择它喜爱的诗人，用卡夫卡的话说："好比一只笼子，在选择一只鸟。"

我写诗，但更多的时候是在认真地读诗，从20世纪70年代末一直读到现在。在我看来，无论诗歌观念如何变换，占据着报刊诗歌版面的始终是两类作品——诗人写的诗和写诗的人写的诗。最有意思的是，这两类作品经常出自同一个诗人的笔下，甚至他上午写的是诗，是个诗人，而到了下午，他极有可能就是个写诗的人。我是在说我自己。诗的感觉如此重要，但维持这种感觉更重要。那么，是不是可以这样讲呢：要想把诗写到那个份上，得活到那个份上。

只为自己的心情去做一个诗人多好啊，那样你会避开许多烦恼甚至屈辱，比如你不必去花钱买奖，不必以政客竞选的方式向读者推销自己，也不必为了发表而跟一个你内心一点都不喜欢的人相聚……说到底，诗歌的用处仅仅在于它无用，"无用之用，方为大用"。古往今来，诗人与诗人是那么不一样。我指的不是诗不一样，是人不一样。未来究竟如何，我一点都不清楚，但以前的事我多少知道一些。事实是，越是优秀的诗人就越跟他身处的那个时代格格不入。从这个意义上讲，那些八面玲珑、四处逢迎的人，是不可信的。

随着年龄的增长，在精力出现问题的同时，信心好像也出现了问题。有时，我非常惧怕那张陈旧的桌子。习诗这么多年，我几乎在它那儿重复做一件事情，那就是尽自己的所能把龙画好。对此，我看得很简单：只有把龙画好了，才有可能谈得上点睛。但这并不意味着我是一个技术主义者，我十分清楚，技术无法取代情感，无法像情感那样渗透到心灵。

在写这些文字之前，于某张报纸上读到一篇英国人写的名为《思想家都到哪里去了》的文章，他在拿20世纪和21世纪初与19世纪做了一番比较之后，非常肯定地说"这是一个微不足道的时代"。正因为如此，我们的任何一次思考和对存在与人性上的挖掘以及那种有反省力度的思想追问，在今天都显得格外弥足珍贵。比起才华不足，包括我在内的一些诗人，更像是思考得不够。我当然知道"人类一思考，上帝就会发笑"，而这恰恰是米兰·昆德拉经过长时间的思考而得出的结论。

汤养宗

1959年出生于福建霞浦。著有诗集《水上"吉普赛"》《黑得无比的白》《尤物》《寄往天堂的11封家书》等。1992年参加《诗刊》社第十届"青春诗会"。《一场对称的雪》(节选)获《星星诗刊》与《诗歌月刊》联合举办的"2003·中国年度诗歌奖",《在汉诗中国》获第四届"人民文学奖",《立字为据》获"《诗刊》2012年度诗歌奖"。

代表作 断字碑

雷公竹是往上看的,它有节序,梯子,
胶水甚至生长的刀斧
穿山甲是往下看的,有地图、暗室,用
秘密的呓语带大孩子
相思豆是往远看的,克制、有操守,把光阴
当成红糖裹在怀中
绿毛龟是往近看的,远方太远,老去太累,
去死,还是不死
枇杷树是往甜看的,伟大的庸见就是结果,
要膨胀,总以为自己是好口粮
丢魂鸟是往苦看的,活着也像死过一回,
哭丧着脸,仿佛是废弃的飞行器
白飞蛾是往光看的,生来冲动,不商量,
烧焦便是最好的味道
我往黑看,所以我更沉溺,真正的暗无天日,
连飞蛾的快乐死也没有

新作　**中国河流**

光阴谣

一直在做一件事,用竹篮打水

并做得心安理得与煞有其事

我对人说,看,这就是我在人间最隐忍的工作

使空空如也的空得到了一个人千丝万缕的牵扯

深陷于此中,我反复享用着自己的从容不迫。还认下

活着就是漏洞百出

在世上,我已顺从于越来越空的手感

还拥有这百折不挠的平衡术:从打水

到欣然领命地打上空气。从无中生有的有

到装得满满的无。从打死也不信,到现在,不服不行

凄　惶

某日,我拉开抽屉,一只色彩光亮的虫豸

停在那里,并看了我一眼

也不知这木室里的什么养活了它,并给了它

如此好看的颜色

某日,早起上班,小区门口有人叫到我小名

不是这人提到,我还是另一个谁。是小名有情有义

也在一个小木匣里

突然睁开了眼睛。那条小尾巴还在抖动

这些，都是凄惶的。显得阴凉，两茫茫

而另有一些，我还拿不准

回来的日子。像散落的闲笔，神示的旁批

我有一册生死簿秘不宣人，上记载

张木生，高中同学，1977年陨，时年十八，卡于一扇窄门。

尚不解男女，更不解何为朝露苦短

有如一粒石子，投向无端的暗夜。有如刻意的隐身术

万古愁

我给在场的每一个人发纸片，问："你心里有万古愁吗？"

再问：你心里养着只寂寞的小兽吗？

再问：你心里语无伦次的，是一瓶怕别人嗅到的迷药吗？

再问：你心里有句假想中的咒语，叫人生如寄吗？

没有人回答我。有如这：日光下概无新事

我再问草丛里的一只鸣虫，发现虫子也会翻白眼

我再问比我们笨些的猩猩，猩猩拼命擂打着自己的胸脯

深夜的镜前，我独自伸出一条长长的长长的舌头

捡一块石头当作佛

捡一块石头当作佛，它是千千万万块石头中的一块

在长门村海滩上

无数的佛，坐在海边听潮

仿佛历尽了潮涨潮退的石头,都能成佛

这些被我指认到曾经放下屠刀的石头

曾经说爱后来又不说爱的石头,曾经底气十足

瞬间变四大皆空的石头,曾经不做石头

而后却做得比谁都坚硬的石头

它们中的几块,现在被我安放在案桌上茶几上书架上

受我膜拜

被我称作永怀绝望又坚执无言中,可比与不可比

的谁。形状及颜色,与我心已达成相当好的一致

它们都经历了这过程

先是我们当中的一员,再变成石头

再日久月深地在海滩上听潮,之后就成佛了

镜子里的王位

那天,往镜子里一瞥,里头的一只怪兽

在龇牙朝我低吼,同时,在衣袋里

还摸出一块小骨头。这吓我一跳,更没有道理

再看,才看回来自己。我赶紧拿腋窝

嗅来嗅去,开头几口是从未见识的腥膻

又吸,吸回了熟悉的气息。只好再伸手来辨认

上面有玄机,分明是可怕的爪子,翻过来

覆过去,手心才重现出以往的掌纹

我如此这般反复地比较着,仿佛有两个王

正在身上争夺自己的王位。并渐渐

迷失在两忘中，分不清到底要哪一样
既像伟大的人类在使用聪明的排除法
又像只凶猛的动物要完全驱赶出一个人的影子

中国河流

我祖国的大江大河全部向东，选择向东，习惯向东
七拐八拐，想着法子也要向东
像我父亲的二弟，我爷爷的三子，我们家里兄弟姐妹习惯上
冠以昵称的憨叔，执拗，不管，也不商量
在东边干活要绕过城门。西边干活
也要绕过城门。北边与南边，也是。仿佛不这样
就走不出村子。不这样，也回不了家。那双腿，我们说是神腿
像殉情，殉道，殉节，领自己命
像一道地球的敕令。一句魔咒。
像俚语，八匹马拉不回
像歌里的因果，我有秘不宣人的掌纹，写着我的路径
只有另一条大河，几乎垂直向下。澜沧江
世界第七长河，亚洲第三长河，东南亚第一长河
云南诗人雷平阳和于坚多次敬重地写到它。我曾坐汽车
一路追去，心存狐疑，在西双版纳傣族自治州勐腊县
终于泪水喷涌，望河兴叹
后才知并不是这样。在境外，它立即梦醒般，犯错般，浪子般

掉过头。经老挝，缅甸，泰国，柬埔寨，越南

又一路向东。向东。向东。汇入在,

中国南海

出福建,自霞浦之丽水

闽山门内多虫。靠爬。从霞浦到丽水,出福鼎闽浙风水关

便进入十公里无收费的苍南段。为什么无收费

无从得知。但迎面有许多警示牌,G13处写

此处事故已死9人。G11处又写:此处事故已死17人

G8处再写:此处事故已死26人

这是福建北上的出口。山岭坡弯路陡。沿途有

多处求助电话。仿佛出福建的人

出自家门前就要走失。或作虫儿蜕变

或困鸟出笼,不知去向。或被谁告发,永不能回家

仿佛,出门就是斩首。包括我,上了路的人,都是偏执狂

种禾说

何为种禾者?种禾者都想象着有具毛茸茸的身体

口中念念有词:种豆要得豆,种瓜也得瓜

其实心中另有一只九尾狐

隐秘,善变,超能量。寄存于枝丫间

让叶片上万事朝飞暮卷

昨夜得有一梦,梦自己拥有十块田亩

农事做得相当整齐,间苗,施粪,绿油油

终见仅长一穗,像狐狸终于露出了尾巴

另外的八条尾巴不知在哪里。抬头看树,风吹树响

扒火车

一想起活到半百年龄,这回就要去扒火车

便被这疯狂的念头吓了一跳。这回

我决不再检票进站,要在遍地都是人的路边

把这条路变成我一个人的路。我有我的

时刻表,要跳下去的地方,也根本没有站名

分裂于你们拥挤的行列,这回,我比蛮横的插队者

更不讲道理。飕飕的寒风中

说我来了,一个箭步冲上去,风中之子般

与全世界为敌般,从一个静止

到突然的悬空。唰地一下

一个人便甩掉了他的所有伪装

甩掉了他骨头里黏附的家园与唐诗三百首

那一刻,江山眷恋地看了我一眼,明月偏西

身边的河水随之逆流而上。我终于

被一个毫不知情的车头操盘手带走,去远方去远方

去你们都永无法知晓的地方

青石碑

这块青石上刻着,考:谁。妣:又是谁。
左下方是他们五个儿子的名字,以及五个儿子之后
还有谁谁谁。无疑有五种派生出来的情节
果落生根,去迎合世道与人心,以及后来种上的
青豆或茄子,各自拿回一份收成
我也在上面,铁板钉钉的,一副很服气的样子
哪怕夜里闪电把荒野照亮,这里是天地一家
每个脸上,也流淌着同样的雨水
现在你想骂就骂我如丧考妣。事实证明,
我已经历
有蚂蚁从石碑上面爬过,就是说
一些事一旦变成石头,不再完整的
也只好冷却下来,人子人父,人妻人母这些字面上的
便成为一个王朝那样,被分段与断句
我也分到了我的这一段落。而人世的风声
已变成了我一个人的风声。我在碑上
同时又领到全世界的疫病,荒年,兵变与火灾
来去的都是一个数,终究要荒凉
摸着碑上的中山堂,它在远古的河南某地
满地的爬虫,带着热血,信念,问人此去还有多远

在黄石国家矿山公园

黄石国家矿山公园的石头上含铁又含铜
过渡处并没有明暗关系，比善于
使用糅杂手段的大师有更不讲理的纹理
我主动与同行的陈仲义谈到诗歌里
乱中取胜的问题，没想到
这个建树于形式感的诗论家，刚接过话题
就被我的一口烟噎住，边咳嗽
边罗列出我诗歌里事象、语象及无象间
相互走动的关系，他的闽南话与我的小语种
仿佛拗口才是魅力所在，说最恣意的文字
总是在乱开花中结出正果，而胆怯者
绝不能窄处生宽，他感慨
现代诗中正在流失的意境，我说没什么
能逃脱，诗歌与矿石一样有彼此拥戴的相间色
异质共生的还有，在此聚到的诗人们
一群吃青春回头草的人，同样
被谁在时空里做过开合的手脚，令在与不在
有了置换，各自的冶炼术，也在认领
与放弃间，统摄于暗流涌动的逻辑
而附近就有亚洲最大的人工采矿坑
有人还在底下做不懈的挖掘，文字的矿井里
也不知道最后一块石头是哪一块石头

面对当下诗歌，你看到了什么？

【随笔】

我愿意从诗歌的写作内部，搬来我所看到的目前诗歌形态上的技术现场。如果说20世纪90年代的诗歌主要特征是夸大语词在诗歌中的作用，"以语词霸占情怀"的话，新世纪以来的中国新诗则凸显了以下三种特征：

一、以叙述替代了滥觞式的抒情

诗人们更加脚踏实地地面对现实拿自己与所处的时代说事，或者"我"就是这个时代的缩影，"我"身上发生的一切便是这个时代的真切细节。"叙述"的作用在诗歌中被诗人们演化成区分个体情感在整体社会中拥有"私有性"情结的重要手段，使"我的话"独立于整体的话却又比整体面目模糊的公共语词更值得信任。加上情节化、戏剧化、描绘化等手段的摄入，促令诗歌从悬空式的说教降落到生活的现场中，诗歌的可指性与及物性大大强化，而不再只有崇高与神性中摸不着的高谈阔论。

二、诗歌结构的肌理更为多维复杂

随着全人类多元化社会结构的出现及多维式思辨模式在生活中的大面积介入，新世纪以来，诗人们不再以传统"绝句体"的书写模式或貌似简单又高远的诗性觉悟为荣，看透了藏匿在当中轻车熟路的逻辑可仿性及文字中的转承习惯惰性，相信诗歌文字在极端节制中，更依靠多元复杂的肌理来支撑阅读上的诗性延时性与认识上的审美开阔性。这种更为开阔复杂化的书写，给文字结构带来严重的线性脱节、变轨、移位与开合，从而也给诗人们带来了具有挑战性的无比新鲜而开阔的书写境地。目前,随着许多有主张的诗人在这方面的先锋带路,也随着它的影响性日隆,正在冲击与阻遏着传统诗歌中单一、线性、板块式的简单书写。

三、口语的鲜活性冲击了诗歌的风雅性饶舌

应该说最鲜活的语言都存在于历代的口语中,也是口语改变与丰富了文学中的修辞使用法。新世纪以来汉诗的另一个重大拐点就是恢复了《诗经》和唐诗中的平民化口语书写,这种书写的心态首先是站在平民化个体的角度恢复对社会世相的叙述把握,而不是高人一等地以士大夫的眼光心态来做故作高深的文字处理,让文字高束在悬空中做不及物的语词纠缠。现时期的口语诗歌除了割裂刻意的组词造句以及已经落套的意象隐喻上的水下铺路、借尸还魂、隔物说物的病灶外,最大的作用是让阅读者感到这是当代人在诗歌中说话,而不是唐代人在写赋,清代人在写词,真正使诗歌切入了现时代的阅读语感中。

尽管一些对口语诗歌认识一开始就错位的诗人已经给这种诗歌造成了不良的影响,但是更多具有真知灼见的诗人正在口语的使用上开辟出越来越让人信服的写作主张。口语绝不等同于消灭写作难度,口语并不是日常交流中已被世俗化框定的那种含义,它同样存在着与最复杂的修辞信念及多元化的文学观念相衔接的问题。所不同的是它的说话方式更为当下性而已。那些本属于诗歌的各种元素它同样一个也不能少,比如口语诗同样存在炼字与炼句的问题。这是当下所谓的"口语诗"需要进一步完善的地方,事实上它还有待于被人进一步认识。

梁晓明

1963年出生。1984年开始写作。1987年与诗友一起创办民间诗刊《北回归线》。出版诗集《开篇》《披发赤足而行》《各人》。著有译古诗集《用现代诗的语言为唐诗说话》、随笔集《梁晓明在西湖》、中篇小说《不供复制》及一些短篇小说。

代表作 玻 璃

我把手掌放在玻璃的边刃上
我按下手掌
我把我的手掌顺着
这条破边刃
深深往前推

刺骨锥心的疼痛。我咬紧牙关

血,鲜红鲜红的血流下来

顺着破玻璃的边刃
我一直往前推我的手掌
我看着我的手掌在玻璃边刃上
缓缓不停地
向前进

狠着心,我把我的手掌一推到底!

手掌的肉分开了
白色的肉
和白色的骨头
纯洁开始展开……

种 菜 [新作]

一

他种菜前告诉我,要事先想好,哪里先种,哪里又不能
随便下种,我都要想好,因为准备比行动更加重要
准备好了行动简单,准备不好不能随便行动

他手捧青菜边走边说,有些土壤表面很好,
但看不见的里面,不知什么时候会碰到石头
跟白菜完全相反,坚硬的、根本不给你
希望的,一点点都会出来,这时候的青菜,就像你
一直以来的平常生活,它会碰到难题
像我脸上那么多皱纹,它们从来不告诉我
从哪里出来,又要到哪里去,它们有它们自己的道路
我的困难就是它的起跑线,我的青菜一碰到石头
它马上出发、伸长、深入,在我的脸上
到处乱走。所以

哪块地方先种,哪里种下后又能收获
我都要事先想好,所以我经常来看这块土地
没办法,有时候我想,青菜绿油油地长大就是我的终点了
但是收获以后,这土地看着我,我就明白
其实我可能刚刚开始

二

我实在惊讶他的叙述,我走向他,看他种菜
忽然我想,他这些道理是土里自然长出
还是他像另一位卢梭? 每天
在青菜和土壤中得到安宁?
我仔细打量他的眼睛
有些浑黄,完全是一位中国的
老人,一位纯正的中国菜农
朴素地走在一亩菜地上,走在他自己安心的
基础上

三

你看,他说,我的青菜很像河里的流水
一遍割掉了,又一遍长出来,好像没有终点
好像我的生命都浪费在青菜上了,但是
这一片方圆几十公里,我的青菜
谁不知道? 我亲手种下的青菜
一棵棵都像城里来的贵宾
他们花钱、清洗
还买油点火地仔细烧炒
他们都吃到了我的青菜,不说远的
我的名字就是我的青菜,他们都点名要我的青菜
所以,我种菜就像种我自己
哪一天种下哪一棵青菜

我都知道,就像我的孩子一样

种好青菜,过完一生

除了种好我的青菜,我还需要其他什么?
如果我和别人一样胡乱播种,那我就是没想明白
我到底要的是什么。那我的一生
真是浪费了

四

他弯下腰,像一张老弓向土地射箭,青菜短暂
但它会用尽时间拼命生长,把所有力气
都用在伸枝展叶和泛出青绿,就像他
寄托在种菜的漫长一生,微笑
和骄傲,为什么,我站在他后面
看他躬身、下腰、一点点下种
细心地培土,日光照耀

为什么,却令我想起
世事艰难? 我站在
什么地方? 要是我站到他的前面
会不会联想到温馨的家园?

在他看来,每棵青菜都有它自己本身的故事
唯青菜是从,他将他的日子
——过到了实处。使我沉湎:

我们现在在做什么事情？

五

休息，我赶紧递上矿泉水，他摇手拒绝
从田边的布帽下捧出茶壶，我笑了
你把自己安排得很好啊，他坐下
我对生活要求不多，就干这
喝点茶，不像我的孩子
想干的太多
八十年代写诗，现在又去经商当老板
东奔西颠，一辈子都在别人的路上
他老是和别人一起奔跑，老想跑到别人前面
忧心忡忡，被别人的事情干扰和牵扯
像个瞎子，提着别人制造的灯
以为这样他的路上就有光亮、有风采
其实他的灯早被吹灭了，有风采的时候
就是起风最大的时候
我提醒他，他
看不见，还嘲笑我的无知

一辈子没有自己的灯，老走在别人的路上
老天都说，它没有感情并不表示它没有风雨
可是我儿子，外表丰富
内心却越来越冰冷

六

你以前干什么？我坐下问老人

我以前种花,唉,他说

可是我们那个年代的香味都已经死了

本来我想,人都一样

既然来到这个世上就没打算活着离开,要不是青菜

虽然没有花香,但是青绿

也一样,只要让我种植,有活干

我就喜欢

我这块土地虽然小,但足够我再干几年

我知道更大的地方,有人请我

但已经有它,我不想再碰到更好的

我不是不想有更好的地方

但这里是我的,我要

拿住,不放手

我只珍惜自己的地方

七

"风能进,雨能进,国王不能进"

我真想告诉他这句话,我真想说

它就像在描写他和菜园

但是我没说,万人丛中一握手,使我

衣袖三年香。我站起来

大爷,你说得真好

我向他挥手

下次再来看你

你欢迎吗?

大爷笑了:有缘的自然会再次相遇,无缘的

对面不相识。我跟着笑了

是我执着了

我回头看看斜阳,斜阳要下了

人到中年,这真是一次奇异的来往……

西塞山

我在西塞山前摊开手掌

我看见白鹭在摊开的指头振翅飞翔

在指头上,张志和奋笔疾书鳜鱼的肥美

他走了,却留下一双审美的眼睛

在山脚,在桃花洞,在大江奔流的波涌之间

在我心里频频张望

我在西塞山前收拢手掌

我同时也捏紧猩红的晚霞

战争的晚霞,在张居正的唇边留下了唏嘘

吴头楚尾，多少国家在这里
重新划分粮食的归属
阴谋和鲜血，一步步、一寸寸地
洒满在西塞山的每一片枝叶上
也在我细密蜿蜒的手心中
频频刺痛着我的手掌

我藏起手掌
我带着我
今天来到了西塞山上
一点点细看，一点点观赏
我惊诧
我的豪兴在大江的波涌中归于安宁
我沉思
我脚印下踩着多少祖先的身体？

我一步步向前，却同时后退
在西塞山前，在
苍茫无际的
长江之上……

随笔 几点感受

现代诗歌的读者

现代文学的读者，像纳博科夫所说，是需要培养的。现代文学的精神是在脊梁骨上，它已经不是简单的情感和大脑。没有这点脊梁骨的文学精神和基础，要读懂读好现代文学，特别是现代诗歌，是很困难的。所以，纳博科夫才说，现在的读者需要培养，因为天然的已不可能存在。

诗人属性

从当今的社会角度来看，诗人已成为社会的弱势群体。国家不发工资，社会没有专门的工作岗位，呕心沥血写出来的诗歌发表后仅得几十元，最多几百元，甚至连高考作文都要特别说明不能用诗歌体裁。诗人靠专业的写作根本不可能养活自己。但为什么我们的诗歌依然蓬蓬勃勃地在生长和发展？这就要说到诗歌本身的魅力，诗人与诗歌相遇所产生的那种"致命"的精神和情感撼动。就是靠了这种自觉自愿的，甚至有种宗教情怀的力量，使得我们的诗歌创作依然生机勃勃，此起彼伏，从未间断。从这个意义上来说，诗人就既是这个社会的弱势群体，又是极为罕见的珍稀动物。正如一位伟人所说，对于过于成熟世故和理智的人类社会来说，诗人就是我们的孩子，他们为我们保存了珍贵的纯真和永恒的梦想，我们要像对待孩子一般地珍爱和关怀他们。关怀他们也就是关怀我们自己。

完成自己

　　无论哪朝哪代，一个诗人，他永远只能完成自己的使命。因为诗歌从来都是个人行为。谁敢说李白属于什么诗歌群体？杜甫又是什么"代"、什么"后"？所有诗人，古今中外，从无例外。诗人就是这一个人，是这一个莎士比亚、惠特曼、但丁或者屈原，永远不会是哪一批中的哪一个。所以，我从一开始写诗，就已经非常清楚我与诗歌之间的关系。我相信每个能安静下来真正在写诗状态中的诗人都是这样，清楚自身与诗歌之间的关系。写作到今天，我相信很多独立成熟的诗人已经不会再受任何外在的影响。他们已经明白自己的能力和使命。如何把自己完成，这才是余下来的日子里，诗歌带给我们的全部思考。

李元胜

1963年出生于四川省武胜县。1981年起开始诗歌写作。曾参加《诗刊》社第十四届"青春诗会"。著有诗集《重庆生活》《李元胜诗选》《无限事》等。

[代表作] 走得太快的人

走得太快的人
有时会走到自己前面去
他的脸庞会模糊
速度给它掺进了
幻觉和未来的颜色

同样,走得太慢的人
有时会掉到自己身后
他不过是自己的阴影
有裂缝的过去
甚至,是自己一直
试图偷偷扔掉的垃圾

坐在树下的人
也不一定刚好是他自己
有时他坐在自己的左边
有时坐在自己的右边
幸好总的来说
他都坐在自己的附近

[新作] # 笑忘书

我想和你虚度时光

我想和你虚度时光,比如低头看鱼

比如把茶杯留在桌子上,离开

浪费它们好看的阴影

我还想连落日一起浪费,比如散步

一直消磨到星光满天

我还要浪费风起的时候

坐在走廊发呆,直到你眼中乌云

全部被吹到窗外

我已经虚度了世界,它经过我

疲倦,又像从未被爱过

但是明天我还要这样,虚度

满目的花草,生活应该像它们一样美好

一样无意义,像被虚度的电影

那些绝望的爱和赴死

为我们带来短暂的沉默

我想和你互相浪费

一起虚度短的沉默,长的无意义

一起消磨精致而苍老的宇宙

比如靠在栏杆上,低头看水的镜子

直到所有被虚度的事物

在我们身后，长出薄薄的翅膀

给

夏天是一封炽热的信
冬天是另一封，我写得沉闷
在一个词和另一个词之间犹豫
它们的距离有多远，我心中
深渊就有多深

秋天太短，短得就像一个人的转身
来不及寄出的信纸
沿街飞舞，那些未能说出的话
每一天都在重新组合
就像散步时，天空变幻的树枝

同样短的还有春天，耀眼
却从未有过具体内容
就算一个信封吧，同时
折叠着炽热和犹豫
唉，我怀疑自己是否真的出现过
在这样的矛盾中

多数时候，我是没写出的部分
不在信纸也不在信封里

我是信开始前,那激动的空白

我是诉说的喧哗下面

河床的深深沉默

交　谈

在这个美好的夜晚,我想

谈笑料般的往事,有污迹的旧信

溅满当年的泥泞,我想谈被删去的傍晚

无数齿轮曾在空气中激烈地转动

我想谈那些没能治愈的时间

久未拜访的破旧小屋

通往昔日的崎岖小路,现在星斗满天

还有机会,它们渴望着

被我们重新雕刻一遍

花　地

微风起,远处一层碎银

傍晚很美,只是无须描述,也无从收拾

世界沿着湖面,缓慢地折叠时间

不考虑我们是否悲伤,也不考虑

我们是否正走过坡顶,逗留于那片好看的花地

低垂之美

野百合花有着低垂之美

桔梗迎着晨光,露出它精心炼制的蓝色

栝楼开得披头散发,心不在焉

一切如此惊心动魄,我屏住呼吸

它们的世界敞开些窗子

但是庞大的建筑仍在浓雾中

花房仿佛教堂的尖顶

我爱这个星球,还将继续祝福它

在这个早晨,如此多的生命心怀骄傲,沉默不语

不 再

和往昔一样,琴键上手指翻滚

玻璃车厢运来另一个时代

色彩斑斓的树林,走廊尽头急促呼吸

刮过这平庸的傍晚,刮过

不再相信奇迹的我

那曾经的痛哭旋律

那蔚蓝的不羁之心

惊起的鸟群,歌唱的街道

那样的日子不再,我也不会颤抖着

像风中的松针

笑忘书

我们之间隔着时间，就像

早晨和正午之间，隔着突然的雨雾

来到和离开，构成同一张纸

我们是彼此的背面

中间是不著一字的空白

而撕开时，它比想象的更结实

在爱和忘却之间，这么快

竟有了如此多，疼痛的纤维

我把自己撕开了，大部分留在初夏徘徊

小部分挣扎向前

车穿过熟悉的路，熟悉的倾斜

熟悉的颠簸，我们之间隔着这么多的熟悉

就像隔着，一本读过又必须忘记的书

双重的时间

他们掷出的纸飞机

在全新的世纪，我飞着

历经折痕，历经每个黄昏的屋顶

每一天，都是渺小的胜利

我不知道,自己在书中

还是在晃动的地铁里

我是在写着这首诗,还是诗本身

身后的时间在枯萎

这苍老的飞行啊,只需要再来一个比喻

我就能滑翔得更远一些

时光吟

时光呈放射形,它在容纳

越来越多的事物

而我,走动在它很小的局部

宇宙与之类似,浩渺无边地扩大着

而我深陷于其中一个星球

只有在夜深人静

我渺小的心,放下整个时间和宇宙

并把它们仔细比较

多数时候,我深陷于针尖大的生活

阅读,上下班的轨道交错

我深陷于母亲的病情,儿子

对事物的全新看法

又一次,我错过了看流星

那是宇宙演绎时间的轨迹

在这个蓝色星球的局部,我陷得那么深

我要经过多少次出生

多少次死亡,才能真正离开它

黄石短章

这一个自我,最根本的有两条

一为自卑,一为欲念横生[1]

我想象他的轮椅,如果沿着磁湖缓缓而行

那两个轮子,会不会有更多的牵扯

他心中,那些远比我们更多的

经过冶炼的金属,会不会更容易

感受到沿途的呼喊[2]

这是一个更适合衡量自我的地方

我这自燃着的熔炉,有星星点点的铜花

也有尚未炼成的铁[3]

深夜燃烧的自卑和欲念

消耗着白昼带来的素材,而这一个自我

要冶炼到什么时候

才能像西塞山前的白鹭,滑翔

在世界的镜子之上

---

[1] 引自史铁生,非原句。
[2] 黄石磁湖周围,磁石众多。
[3] 黄石自古是中国的冶炼之都。

随笔 诗歌的进展永远是缓慢的

我在20世纪80年代关注的是国外的诗歌，基本上不怎么读国内诗人的作品。20世纪90年代对国外诗歌没兴趣了，开始高度关注国内诗人的作品。但是这个所谓的高度，并不是高密度。而是在自己工作之外的业余时间，一个月有几天时间集中研读。这已经非常奢侈了。之后，阅读诗歌的节奏放得更慢。我记得是从1995年之后集中研究国内诗歌的，一年就几次。2000年，频率刷新，原因是网络诗歌的出现，让我非常兴奋地读到从没有见到的一些新诗人的诗作。那个时候，每个星期都会用一天时间研读他们作品，读后非常受鼓励。从最近三年的情况看，阅读节奏变回去了，一年只有几次时间会去研读自己感兴趣的作品。

我个人一直认为，由2000年到2010年的十年间，中国诗歌完成了一个平民化的过程。过去，中国诗歌版图是分化的两块，当然这仅仅是就发表的途径而言：主流的刊物，精英代表读者做出选择，比如"青春诗会"；另外就是地下诗歌运动，是一种更自由的写作，没有约束，没有裁判，但是圈子化过于明显。2000年开始，中国诗歌版图发生变化，网络发表便捷了，很多那些既没有被刊物选择，也没有被圈子选择上的，就是处在选择或关注的盲区的诗人，喷发出来，这证明了中国诗歌所积蓄的强大的原创力。我们积累了很多没有被发现的优秀诗人。在2000年到2005年，大概40多位新的诗人进入诗坛，被大家接受。2005年以后，你想在网上集中寻找到这么多的诗人，实际上已经不大可能。就文学而言，有抑制，就会有喷发。

我觉得到2010年以后，我阅读的节奏趋于正常。十年网络诗歌运动已经完成了对抑制的弥补，而新诗成长的通道全面贯通，相对更加公平。不同写作背景、写作风格的诗人，只要是具备实力，都能通过不同途径让人家发现、注意。在此之后，我们发现，途径不是根本的原因，写作才是最重要的。事实上，中国诗歌的进展是缓慢的。繁华的背后，从20世纪80年代到现在，中国当代诗歌的变化远比我们想象的小。我们完全可以把那个年代的某一首诗拿到现在来发表。我曾经做过一个实验，就是选了一首20世纪80年代的诗歌，然后让大家猜时间，没人能猜得出来。诗歌的发展速度不会太快，快的只是它的外表，真正有价值的东西，进展是缓慢的，这也是非常正常的。

我曾经在一次研讨会上说过，我们当代诗歌写作，是缺乏文化背景下的写作。有些人会反对说，我们的诗歌传统那么悠长，怎么会没有背景。我固执地认为，每个人的写作永远不可能是孤立的，因为语言是相连在一起的，你的写作是把你自己的很多东西放在一个背景比较，这个作品是在比较的压力下产生的，反过来，可以把它和这个背景的联系作为判断这个作家的一个坐标。之前的唐诗宋词是在农业文化背景下写的，诗人每写一句诗都知道自己与其他诗人相比有多长的物理距离。我觉得唐人清楚地知道自己每写一首诗，事实上究竟走了多远。这是很令人安慰的。但是我们正在建构的现代文化，正在迅速建立，也在不断摧毁旧的农业文化。现代人可以比较的背景是非常模糊的，我们需要一边写作一边建立背景，非常艰难。所以说，新诗爆发、产生大诗人，言之太早太早。目前的创作在将来的诗歌史上只是一个微小的斑点，很多人的写作并没有达到给汉语带来革命性的进展的地步，但是我们还要写。我们承认这个缓慢，但还是要为它付出努力。

我由此想到美国。这个国家最没有传统,但是美国诗歌的发展线索是清晰的,早期优秀的诗人是靠建立与上帝的关系获得自己的写作,比较典型的是狄金森,她永远在自己身边的生活琐事、细节上寻找与上帝的联系,她的诗歌就是展现这个寻找的过程。而卡佛的诗歌,是靠剪断与上帝的联系来发现自己的诗歌。他们的过程很有意思:这是从神性到人性、从整体到碎片的一个蜕变的过程。美国诗歌史是一个神的谢幕的历史,这是我阅读的时候产生的感觉。

人 邻

1958年出生,祖籍河南洛阳。出版诗集《白纸上的风景》《最后的美》,散文集《残照旅人》《闲情偶拾》《桑麻之野》,评传《百年巨匠齐白石》。诗歌、散文收入多种选本。曾获"中国·星星年度诗人奖"等奖项。

代表作 如今我老了

如今我老了，仿佛
又和孩童时候一样，
要依偎着母亲温热的乳房
才能安然入睡。

我现在只是静静的
像孩子一样温顺，
要依偎着一个女人的乳房才能安睡，
只是那个美好的女人我至今还没有偶然遇上。

[新作] **慢慢看见的**

正午拍摄的

灼热中颤抖,熔化。
逆着一根针,看它迷幻的亮。

不能再动了!
白炽的针尖逆着阳光,
已经刺入了整个
因为炫亮而近乎谵妄的正午。

冬天的傍晚

整个傍晚,书页打开在一旁;
沙发宽大,朴实;
整个傍晚,想了些什么?
那个近乎完美的女人,
那个疲惫的男人。

整个傍晚,时光那么短,那么长;
整个傍晚,是冬天的数学,

冷而复冷的一粒粒格外清晰的沙。

落花夜

花的城，入夜之后
几分奢靡。
暗，缤纷，
随意的花落在哪个人的脸上，
都不足为怪。
我一心思虑的是，
这些花朵，
它的清芬，如何濡染了
这温暖之地的潮湿、燠热，
如何濡染了奢靡之后的
那些懒散、厌倦。

高原正午

高原绚烂，空气——闪烁的金箔一样，
白马、黑马，偶尔出现，如梦幻的片段；

鹰，在方圆百里之上——静谧巡行，
人啊，只能叹息着，以神意无言赞美。

对面楼里有人走了

对面楼下,清晨,干净的地上,
有人撒着玉米粉,
一直到外面的小路口。
我知道,那是一个老人
昨夜走了。

走了,忘了。
午后,一直到下午,宁静的阳光里看书
——忽然想
死亡多美,多干净;
虚无的浅灰色,多美;
那迟滞的呼吸,消失得多干净。

也正像这会儿,正是初秋,凉凉爽爽的
凉爽的秋天,干干净净,
没有一丝多余的味儿。

苍老的美

被爱,一再被爱,
爱过,也深深地爱过的女人,
皱纹之间,眼神明亮,依旧是迷人的。
劲健的腿、手臂,修长的张开的手指,旋舞间,

叫人嗅到香水、白兰地和烟草的味儿
——回想她深深地吸了一口烟,
仰脸吐出,略略的迷茫眼神。

烟消之后,手指那么干净,白皙,
指甲修剪到无限完美,
而让人在触到之前,几乎要战栗,
因为美的战栗。
而顺着她的手臂向上,到肩膀,锁骨,
少女一般的锁骨,隐隐的细细的血管,
血液依旧是热爱的,热爱而近乎贪婪,怎么也不够的。
而她的脖颈,已然衰老;她的脸颊,似乎衰老,
却是临近了夕阳里晚餐的那种静穆。
我也没有忘记她的梨形的腹部,那迷人的
令人沉迷的温热的肚脐和甜蜜的幽深。
哦……我嗅到了树木深秋里淡金色的叶子
干燥、洁净的味儿,就要飞扬的味儿。

雨夜的声音

那是唯一的声音,
我深知的声音,羞涩,美满。

我没有睡意,
我还在窗前等待更大的雨。

突然的是

充沛的闪电

裂开了整个雨夜的泥土。

那声音还是孩子,

让过来的人为他们合十祝福。

这卑微的幸福,实在太小,

但是已经足够他们今夜平安地享用。

读马蒂斯麻胶版画《拥抱》

这一刻——忽然冷。

他的头,七倍的难过,麻胶的难过。

她的脸

胶着。

黏滞。窒息。没有哭泣。

那个绝望的女子,

深深临近了他

难以承受的骨头。

这一刻——冷,又,忽然酸楚地热。

读常玉先生油画《马》

先生,尘去。
可这匹马,留了下来,
一如某些时间的切片。

这匹安详地在海边草地上的马,
书法里"马"字一样的马,似乎还在咀嚼,
稍一亲近,有着盐的咸涩气息的
马的唇齿间
是猛然散开的清冽的草的气息。

母　亲

……似乎是婴儿的气息。
想起母亲也有婴儿的时候,
只是现在,母亲的泥土,
根须芜杂,枝叶枯黄,
已经没有了生命的香。

那内心深处,更深处
我忽然觉到了她婴儿一样的无助,
和濒临死亡的衰微,也竟然有几分相似。

记　忆

晶莹的石榴籽粒,清清木瓜香,
体香幽雅的美妙小动物,

明媚日光中
教我嗅过,四种令人眩晕的香水。

裸着的芳香,点染杳杳星光,
以至于我愿意就那么迷睡过去,
在你荡漾着青涩与腐败,
既残忍也苦恋的暗香里,有如微微中毒。

有猫的时光

宁静、美好。
阳光,树叶,细碎的光影洒在
桌上。桌上还有盛着冰水的
瑞典伏特加酒瓶。

可是时间已晚,已晚。
光线渐渐灰暗,
树叶隐藏起来,那最为细碎的
已经看不见。
这里要是自己的家该有多好,

不管有多远
甚至可以是在遥远、寒冷、陌生的瑞典。

阳光微微抖动,树叶上的细碎光影
渐渐缓慢。
时光缓慢。
院子里的那只猫,
已经在树荫下一只圆桌上,
安逸地睡了。

残存的巷道

它们精妙、复杂,
有如手艺人无奈的命定。
入土的木头——自成暗世的木头,
沿着泥土碎石穿插,
有如人的骨骼穿插支撑于自身,
一直到老迈、残颓……

此刻,悄然剥开的泥土,
早已和木头浑然一体。
曾经的血汗艰辛,
——是谁忍心将它们剥出?
让这一行闲来无事的人,

无辜地承受着关乎铁，
关乎农具，更关乎兵戈、血腥杀戮，
关乎人世无常的
铁的力量、铁的荣光和铁的废墟带来的
无语和绵长的痛苦。

随笔 关于当下新诗的臆说

我很少看各类诗歌刊物，甚至连刊载了自己诗歌的那一期也几乎不大看。一个应该算是热爱诗歌的人，在一定程度上竟然也对诗歌有一些厌恶，是因为对自己诗歌写作的失望，还是为了对诗有意无意间要保持某种新鲜感、神秘感？以为如果全然不知道外界在写些什么，才能安心写自己的诗吗？也许。写诗的人是应该与所谓的诗坛保持一定疏离的吧。一位古代诗人，一生能读到多少同时代诗人的诗作？可想而知。可是，这并没有影响到那些甚至是身处深山的诗人的写作。这种疏离，也是所谓的"养气"吧。

当下新诗，我看得绝少。不过是偶然遇见了，看看就是。我敬佩一些多年坚持新诗写作的人，是他们命中注定般的殚精竭虑，才使得新诗呈现了可以屹立于世界诗歌之林的如今的面貌。

我也一直不赞成那些将新诗和古诗全然割裂开的说法。新诗哪里那么容易将自己和过去割裂开？哪个新诗人的内心，没有古代诗歌的浸润？换句话说，人之为人没有改变，诗之为诗，哪里就改变了？新诗初起，是为了反叛和颠覆某种僵化，时间久了，新的诗体摸索深了，诗毕竟是诗，有如酒毕竟是酒，不论新酒老酒的，不过自成一滋味格局罢了。

当下的新诗形式，散而约，约而散，长句短句，分行不分行，长诗短诗；端庄与反讽、高雅与艳俗、沉潜与张扬、朴素与怪异；书面和口语、俚语，汉译体，甚至以古为新——也都有了自己的相当可以骄傲之处。后40年新诗探索，加之前贤幡然醒悟般的开拓，百年新诗，无疑已经有了自己的经典。《新诗十九首》的推荐,即是在定论之前的积极尝试。

比如,我们看到了昌耀的《斯人》——

静极——谁的叹嘘?

密西西比河此刻风雨,在那边攀缘而走。
地球这壁,一人无语独坐。

这首诗,该是一个象征。之前,我们难以想象会有这样的新诗。这样的新诗,陈子昂读读,依旧是"念天地之悠悠"的感慨,哪里会隔?老陈(陈子昂)读罢,痛哭流涕之后,是非要捉着老王(昌耀)的手,去馆子里先是兴不可遏,后是涕泗横流,不醉不归的。

在对新诗认知的过程中,诗人们有其焦虑(可能更多的是诗歌理论家、新文学史家的焦虑),这焦虑按照专家们的总结,尤其是集中在新诗的阅读和传播、新诗的合法性和经典化问题上。

由于互联网的应用,新诗的传播和阅读达到了空前的程度,这是古人无法想象的。自然,读的深浅,人各有志。即便是选入教材,学生读与不读,也并不是必须要做的。所谓新诗的合法性,我觉得这是一个奇怪的问题——新诗需要合于什么样的"法",至少目前已经大略形成共识,新诗并不犯古诗的"法",也算是诗的一路了;经典化,随着时间的推移,随着阅读人群(其实在古代也未必有多少人读诗和能读懂诗,不然哪里有"阳春白雪"和"下里巴人"的说法)的扩展,阅读能力的提高,会自然实现。我们有点太着急了。在多元社会(既也是艺术多元化,更是消费多元化的今天),新诗的边缘化和继续边缘化是正常的。而以后,依然如此。

写诗不过是诗人自己的私密爱好,与这世界若即若离的。诗人担不起那么沉的责任。诗人面对社会问题,尽可以说话,以政治的哲学的历史的,但是不必以诗说话。诗,毕竟是诗。一个诗人,若真的称得起是诗人的话,安心写自己的诗就是。

　　新诗,以我的想法:还是要短一些,要在寻常语言之中见深意,要能发现人之未能发现之诗意。这样的新诗,改好了,反复读了,顺畅了,即是。

　　世界广大无边、精深无限,我们在新诗里看到的、感到的和试图表现出来的,面对这个已然古老但是还在延伸的世界,还是太过乏力了。

曹树莹

1991年7月毕业于解放军艺术学院文学系，曾在兰州军区政治部从事创作，2001年转业。中国作家协会会员，曾任湖北省作家协会副主席。主要作品有长篇小说《梦中的钟声》《太阳从明天升起》；中短篇小说《人们每天面临的河流》《曹树莹中短篇小说集》；诗集《无岸之河》《幽蓝的柔波》；长诗《巨澜》《金色琵琶》《银燕》《铜斧》《铁流》等。

断言 [代表作]

以为石狮再不会呼啸而至

绝非如此　总有一天会发现
时间并不能将它溺死
石狮的感情日益坚硬
随意冷落某些事物
促成某些事物身价百倍

以为母虎也可以成为情人
这是人类共同的过错
而愚蠢最容易获得通行
地平线上　那些无腿的人
拥有最圣洁的道路

正如有时候　战争狂人
偏偏远离染血的子弹
只有哈巴狗最有幸福感
这个世界的窃窃私语
唯有聋人才能听清

[新作] # 在幽暗之处打开眼睛

水面的波纹

一

我守着黑夜反而接近了黎明
与静默相处结果进入了梦境
春天的咳嗽在秋天有了回声
我的辗转终于成为一种预言

二

我的克制是高山的岩石
血液捏成了一只拳头
踩遍山水的宗教大师
惊呼岩石囚禁的钥匙

发出了微弱的叫喊
关闭的大门几近疯狂
许多人失去了倾听
听力对听力行使了羁押

三

买卖始于缺失

羊圈的小洞　修修补补

只要养好羊就好过冬

城堡始于防守

冷兵器遭遇鲜血　显示了

无奈　有时会锁上库房

放马南山

暗喻始于心智

一个有着神秘嗜好的人

他不希望你　看到他的服饰

甚至他的表情　也保留着

石膏的判断

暗流在海底涌动

水面只有平静的波纹

四

你的脸代表了气候

狗的脸代表了谄媚

谄媚如果在气候后面

预见的成就　不需要打着雨伞

谄媚若在气候前面

彩虹并未适时升起　受伤的

一定是你的江山

分寸就是天下

戴面具的人

在草地的边缘地带
木栅栏抵制了泛滥的脚步
他的决心由来已久
对距离的拿捏向来警惕戒备
只是目标隔着一定的温度
捆绑的视野目光囚禁成方的格式

在海里　救生圈才有亲切感
他远远地望着　他知道水
能洗净他的内衣　但没有洗净
他的肠子　只有他自己知道
水也从未照亮过他的表情
他也不知道水的轻盈与厚重

现在他把救生圈当着一个面具
扔给了大海　从而锁定
他埋在心底的秘密
外形上他有形而上的额头
随时扑入水面的姿势

设计得也很优美

回　眸

缥缈的东西往往比具象更为真实
就像一面琵琶　可以放出千军万马
其实并不是那几根温柔的手指
围成栅栏　使你摆脱不了某种束缚

似乎从未得到解脱　往事
总是与喷泉一样悠悠地升起
喷泉在空中　绽放成美丽的花朵
岁月的画面一层层硬化成岩石

即使你对世界熟视无睹
也能从苏醒的花岗岩吸到晨露
尽管你的鼻腔塞满了尘土
有一只往昔的手搭在了你的额头

你确实有些眩晕了
那面琵琶离你越来越近
你看到的事物比原来的更准确
曾经离去的东西又回到你身边

回到幽暗之处

必须静下来　尽管我已身处
尘嚣之中　我也必须回到幽暗之处
用冷静的白雪洗净目光
好去打开头顶的星辰

静下来　如果能在冬天
听得见一枚雪花的呜咽
势必在夏天　就有深情的萤火虫
所有路灯将卸下我所有的黑暗

这是在我的故园　我的
巨大祖国的小小一隅
我善良纯朴的左邻右舍
还有静静躺在墓地的父母双亲

我必须静下来　必须像一只蝴蝶
将沉重蜕变成轻飏的翅膀
一只小小的绵柔的手掌
拂过大地饱经沧桑的胸膛

十字路口

每个人似乎都在行走　也在等待

穿越路口仿佛是彼岸的约定
每个人的前后左右都簇拥着风

我所看到的只是一些普通的背影
掉在水里的背影　时浮时现
是不是真是溺水者　我不敢断定

连我自己也不能例外
在汹涌的波涛面前　怎么忘了
早晨醒来之前静静的梦境

到底是向前　向左还是向右
那些夜里我梦见的人都低头不语
连一个小小的单纯的手势也没有

说到底　我和他们都是一些
相同的树叶　只有风才在那里窃笑
似乎真能决定我们残留或者飘荡的命运

途经沙漠

途经沙漠的诗人不愿意交谈
他们面前　是沙子　他们身后
也是沙子　风让他们不能张口
沙子出现在牙缝是很难受的

面对流动之沙　还能说什么

谁不是眯着　眼睛成为一种定势

偶尔看到同伴的脚埋进沙里

帮他拔出来　像是更正一个衰老的动词

沙子细小　却能哄骗一些目光

稀有的胡杨之后　谁知还没有抵达意境

绿洲在某个黄昏的岸边　蹲着

像一只被风暴驯服的野兽

甚至也没有警句　在沙漠上仆倒

没有预兆　沙子灌满了胸口

他们面前镀上了黄金的甲胄

太阳照射时发出耀眼的光芒

他们懒懒地拍打着　一些沙子

又暗淡地落下来　也有人不可避免地

把沙子带回家　在床上硌着自己

一个病句　折磨着自己彻夜难眠

在黑夜行走

昨晚　没有月亮　森林加重了黑暗

远处的点点星火拉长了脚下的小路

路微微有点陡　但我走得并不艰难

回到房间　我查看了这条路的地形
我在梦中竟然又重新把它走了一遍
一个人的黑夜　是那么明晰而深远

早上散步小鸟带我走向昨晚的小路
刺目的阳光　使我彷徨而满怀犹疑
这么陡的山路真是昨晚的那一条吗

我的恐惧和虚弱像一堆渐渐熄灭的
篝火　当温暖逼退我全部的寒冷
庆幸黑暗之中　眼睛终于被打开了

祖父的矿山

祖父在我心中就像矿山在我心中
一样的空洞　长期以来我以为
矿山就是祖父　祖父就是矿山
那掏空的矿井是祖父干瘪的阴囊
精液已用来繁殖那些新兴的工厂
竖井里的鼓风机是祖父的胸膛
大口大口地吐出肺里的浊气
祖父从来没有真正地爬出巷道
直到有一天成为巷道的一部分
让新的矿工从他的臂弯中穿过
祖父之于我只是一个传说　有一天

当我回到祖父身边　四周一片寂静
但我听到祖父在昨天的巷道剧烈地
咳嗽　我很麻木地站在矿山的边缘
像游客一样只满足眼睛可怜的快感
不敢走向巷道　向祖父伸出我的手
还奇妙地接受了一些石头　暗淡的石头
沉默的石头　发光的石头　璀璨的石头
一起投身于高炉　在那通红的火光中
我第一次看到祖父那张英俊勃发的脸

随笔 诗坛：在喧闹与沉寂中前行

我们亲爱的诗坛在20世纪80年代末遭遇到前所未有的困境。由于社会的急剧变革和各种诗歌作品、理论、思潮从国外的大量涌进，一部分诗人无法把握当下的生活，也无法消受外国诗歌特别是欧美诗歌的晚宴，他们避开"江郎才尽"这个词，恋恋不舍地离开了诗坛。还有一些诗人坚守阵地，由于他们的写作依旧停留在某种需要、意义的层面，诗歌显得浅显、苍白和脆弱，理所当然地被生活边缘化了。另一类诗人坚持自己的先锋写作，并不被理解和宽容，嘲讽者有之，漫骂者有之。

诗坛的转机发生在新的世纪之初。人们尚存的理想精神似乎被世纪之钟所敲醒，一时间内，网络上到处都有诗歌的身影，许多诗歌网站访问量惊人。网络诗歌的兴起，使很多失意者醒来，以图重拾旧山河；失散的朦胧诗群体依稀看到了黄昏之后的星辰；知识分子以优雅的姿态尽量装饰了诗歌的容颜；一些与玄学交情很深的人正在把诗歌还原成一个神秘莫测的物体；也有一些真正的劳动者把自己的诗和汗水献给了诗坛；当然还有一些降低了门槛的评奖使一些人恣意狂欢后更加玷污了诗的圣洁……诗坛给新世纪带来了复苏的信息，人们的生活品质得到了提升，幻想浪漫、理想的生活给诗歌的回归与繁荣奠定了深厚的基础，诗歌吸引更多的目光似乎也成了一种可能。然而，诗坛的一些"事件"，比如"裸体朗诵"，比如"梨花体"，等，把诗坛的喧闹推到了极端，这些本来与诗歌的生长、发展毫不相干的东西，和某些诗歌的浮表化、贵族化扭结在一起，才上演了一部诗坛的闹剧！越来越有判断力的人们中止了喧哗，真正的诗人开始走向沉寂，在沉寂之中坚持，在坚持之中沉寂，依靠沉寂来保持自己的个性与尊严，求得诗歌的生存和发展。

对于诗人来说，诗坛的沉寂是一个冷静的过程、一个净化的过程、一个重新探索诗的过程，也是诗歌渐渐前行的过程。企图把诗歌作为一种运动、一种造势手段、一种表演的道具，那都是荒唐的。对于一个从事诗歌写作的人来说，宁静寂寞的生活或许能让他听到独特的声音。写诗从来与喧闹无关，喧闹只能阻隔诗人的倾听。一个真正的诗人从来都是耐得住寂寞的。他们或在偏僻的一隅，或在遥远的边陲，无论是在乡村，还是在市井，都像春蚕吐丝一样，挑一盏青灯，吐一腔柔情，织万千画卷。这种沉寂从本质上讲与诗人的内在需求刚好吻合，诗坛的沉寂说明了诗人的相对冷静与成熟。他们终于回到了自己安命立身的地方。许多优秀诗人开始反思、沉淀、探索。诗不是关于事物的意念，而是事物本身。诗人更加接近了对诗歌本体的认知，他们的写作也更充满智性。许多诗人关注人类命运的情感也更加丰富，视野更为开阔。由于沉寂，诗歌就有了内敛的深度与广度。

诗语醉黄石

张 晗 曾丽妮

诗人的团队，为诗歌而来

"人类的语言不绝灭，诗不绝灭。"这是艾青对于诗的评述。诗是最初的光明启育者，尽管诗歌的受众，不如20世纪八九十年代那么广泛，但仍拥有不少忠实的拥趸。

2013年5月9日，因《诗刊》社第四届"青春回眸"诗会在黄石举行，诗人舒婷、林莽、李琦、谢克强、梁平、柳沄、汤养宗、梁晓明、李元胜、人邻，诗评家陈仲义，《诗刊》主编高洪波，副主编商震、冯秋子，来到黄石，共话诗歌，并走进黄石一些著名风景点进行采风活动。

5月11日9时，中国作家协会副主席、《诗刊》主编高洪波走上"中国作家黄石文化论坛"，阐述诗、诗人和诗歌的故事。

5月11日11时，黄石市新图书馆一楼大厅内人头攒动，人声鼎沸，参加本届"青春回眸"诗会的诗人们与各高校大学生、带着孩子前来的市民、黄石本地诗人以及文学爱好者等近千人，来了一次零距离的见面会。当舒婷以"青春是诗，黄石是诗"表达来黄石的心情时，引来阵阵欢呼。

黄石市领导罗光辉、苏梅林参加了此次文化论坛。

诗 《致橡树》成定情信物

"如果说人类的艺术王冠上有很多宝石,那么诗歌肯定是最闪亮的一颗。"高洪波用诗歌般的语言,为演讲开头。

20世纪80年代初期,新诗风靡,成燎原之势。"我必须是你近旁的一株木棉,／作为树的形象和你站在一起。／根,紧握在地下,／叶,相触在云里。"舒婷《致橡树》中的诗句,化成青春的旋律。1983年前后,很多年轻人将一本《致橡树》作为定情信物,甚至结婚的时候拿在手上。

高洪波说,人在青年时代,如果没有诗,生活会苍白和荒凉,因为18岁时,每个人都是诗人,怀揣美好与梦想、懵懂与激情。而到了80岁时还在写诗的,才是真正的诗人。

诗是什么？可能有一百种解答。但真正的诗总会给人生很大的滋养,它是一抹亮色,是真善美,传递的是正能量。

诗人 诗人的世界里岩石能沉思

诗人是什么？

"诗人是疯子。"高洪波给出的这个答案,引起台下一片哄笑。

怎么能是疯子呢？可不,裸体跑上台朗诵诗歌、患上抑郁症选择结束自己生命等,这种种行为,通过互联网的传播和放大,以及诗受众群体的萎缩,让人们很容易将诗人与疯子画上等号。"这些行为,更多是一种行为艺术,和诗毫无关系。"高洪波说道。

但诗人的世界,的确又异于普通人。因为,"只有在诗人的世界里,自然与生命有了契合,旷野与山岳能日夜喧谈,岩石能沉思,河流能絮语……"（艾青诗）只是，快节奏的生活、科技为生活带来的海量信息，让人们越来越难以拥有这份"自然与生命的契合"。

采风　互动　看望老诗人，诗人盛赞"青铜古都"魅力

5月10日，在黄石参加《诗刊》社第四届"青春回眸"诗会的诗人一行，来到黄石国家矿山公园、东方山、铜绿山古铜矿遗址等著名风景点进行采风。当天，《诗刊》的编辑们还与黄石本地诗人进行了一系列互动活动。

诗人们首先来到黄石国家矿山公园，各位诗人都感到非常震撼。在矿石展览厅内，舒婷对孔雀石印章产生了浓厚的兴趣。"虽然我不太懂石头，但是这个孔雀石真的是非常漂亮。"《诗刊》副主编冯秋子由衷地赞叹。

六年前就曾来黄石参观过的著名诗人、《中国诗歌》主编谢克强对眼前的变化也十分感慨："以前也有绿化，但是树没有这么多、这么绿，现在的环境比以前更加漂亮了，这个毛主席的雕像那时候也没有。"诗人梁晓明也对毛泽东手握铜矿石的雕像饶有兴致，"游过这么多祖国山河大地，还是第一次见到笑得这么开心的毛主席的雕像"。

此外，诗人们还前往有"三楚第一山"之称的东方山景区及全国重点文物保护单位"铜绿山古铜矿遗址"。诗人李元胜在东方山沿途看到漂亮植物，就会兴奋地拿起相机拍照。整个采风活动，一直充满了诗人们的欢声笑语。

《诗刊》素来以审稿严格、专业性强、影响力大等特点在诗人们心目中占有重要地位。黄石也活跃着一批诗人，像曹树莹、向天笑、江雪、黄荆等。5月10日下午，《诗刊》副主编商震、二编室主任谢建平、

三编室副主任蓝野与黄石诗人代表相聚改稿会，面对面交流，并鼓励黄石诗人积极创作、积极投稿。

10日晚，谢建平、蓝野代表《诗刊》社前往黄石市中医院看望了躺在病床上仍心系诗歌的82岁老诗人黎旭。当黎旭再次见到二十余年来曾与他书信改稿、函授的"老师"时，激动得连连拍手，"这真是太好了，我竟然还能等到这么一天，真可惜，我没法去参加诗会活动"。黎旭说家里至今还保留着他二十余年来参加《诗刊》函授学院的信件，他甚至还能背出《诗刊》编辑曾经写给他的稿件"采用信"，这也令在场的两位编辑非常感动。

诗会高峰论坛

5月11日上午，《诗刊》社第四届"青春回眸"诗会的高峰论坛在黄石新图书馆举行，论坛以"当下的诗歌创作，你看到了什么？"为主题，由《诗刊》副主编商震主持。12位参加诗会的诗人均发表了自己对当下诗歌创作、诗歌环境的看法。